U0559612

魇（き）谈（だん）

［日］京极夏彦 著

王华懋 译

中国华侨出版社

·北京·

目次　　　　　　　　　　CONTENTS

魔缘

きえん

魇
缘

"真可爱。"父亲说。

这是平日木讷的父亲看到刚出生的弟弟时所说的第一句话。

母亲也安详地、微笑地看着父亲比平日柔和许多的脸颊线条。

我觉得这真是一幅幸福的情景。

不是看起来很幸福，而是真的很幸福吧。一派温馨。装饰在房中的祝贺花朵盛开着，还堆满了各式礼物，像是布娃娃、相框，这类色彩鲜艳的物品。热闹，但是祥和。

没有一丝阴霾。

然而，唯独我的心境并非如此平静。

小小的新生命确实惹人疼爱，让人想要保护。

但是，我并不觉得有多可爱。

婴儿软趴趴的，颜色也很古怪。眼睛转来转去，像条没长好的鱼，真要坦白说，我觉得恶心死了。我没有说出口，但心里这么想。

猫还要可爱多了。

不过那时候的我，实在不知道该如何接受弟弟出生这个现实。

慈祥的母亲与文静的父亲，都是我最爱的人。

但我会喜欢他们，是因为他们疼我，我不知道如果他们不疼我，我会怎么想，而且我一定是想，既然弟弟出生了，他们应该会比较疼弟弟。

弟弟还没有出生，我就已经在嫉妒他了吧。

因为这样，父亲那句"好可爱"，听在我的耳中也变得扭曲了。

尽管我出生的时候，父亲一定也说过一样的话。

魇
缘

桐生作之进没有右手。

不是天生，也不是受过重伤，或罹患重病。

而是懂事的时候就已经没有了。就结束在臂膀的中段，再下去就没了。

幼时他从来不以为意。

若说方不方便，应该是不方便的。但所谓的不便，是以有双手为前提的不便。牛马没有手，它们也不曾因此感到不便。

总而言之，只要当作原本便是如此就行了，而作之进也确实原本就是如此。

不，他一直以为这才是正常的，所以不曾感到不便。

也不曾因此觉得不甘或难过。再说，他的身边没有年纪相仿的人，而且有奶妈等下人周到的服侍，真的没有任何不便，再说也无人可以比较，因此亦不曾自觉身体有所缺损。

即使如此，待年岁稍长，智识亦随之开启。

作之进不记得那是几岁的事了，但他问过父亲。

为什么我没有手？

父亲那时候的表情，作之进记得很清楚。

父亲额冒青筋，却硬是挤出笑容。

父亲从来不笑。作之进从来没有看过父亲笑。

他也一直把这件事视为理所当然，因此父亲这不自然的表情，让他留下了奇异的印象。

"是为了让你活下去。"父亲答道。

用那副奇异的表情，简短地答道。

作之进不懂这是什么意思。

不过，如果自己有右手，一定已经死了，一定就是这个意思——作之进不求甚解地如此理解。

父亲是个伟大的人，对于错误的事，从来不会辩解。对那个时候的作之进而言，父亲应该比藩主还要伟大。

作之进看着圆窗外的大朵百合，忆起了这些。

这是一直以来，他不断凝望的光景。

魇
缘

父亲是个老实人，工作认真，但也很重视家庭。为了兼顾工作与家庭，也相当勉强自己。

现在的我觉得这不是件易事。即使想要兼顾，公司也不可能总是考虑到员工的家庭状况，家庭也不可能总是配合公司的行程。像学校的活动就与工作的周期完全无关，小孩子发烧或受伤，也不是可以事前预料的。

父亲应该不是个灵巧的人。

他似乎因此加倍努力。

但他不曾吐苦水，也不埋怨。

虽然不常笑，但也不会动怒。

总是安静斯文，默默地忙着什么。

母亲是个贤内助。母亲性情亦很和善，因此我们家的气氛总是祥和而舒适，是个没有任何别扭的幸福家庭。

就像生活在棉花里一样。

我处在这棉花般纯白的生活当中，应该没有任何忧惧，然而不知为何，一抹不安总是与我如影随形。

从弟弟出生以来，一直都是。

弟弟越来越可爱，他听话乖巧，跟我也很亲。

长相和动作都很可爱。

比猫可爱太多了。

这是我的肺腑之言。我喜欢弟弟，绝对不讨厌他。我们总是玩在一起，经常两个人笑成一团。

即使如此，看着弟弟，我的心中依然会涌出一股无法言喻的阴沉——不，漆黑的感情。

心的一隅卡着残滓般的东西，就像跑进眼睛的沙子。我也曾经烦恼，难道是我太乖僻的缘故吗？但并不是的。

父母完全平等地疼爱我和弟弟，因此弟弟出生前我感觉到的类似嫉妒的感情也消失了。即使如此，我依然无法甩掉那抹神秘莫测的怪异感觉。

魇缘
きえん

魇
缘

那是冠礼的时候。

在那之前，作之进不叫作之进。他幼名力丸，还没有姓氏。

就在冠礼那天，作之进变成了桐生作之进。

剃了月代①，换上礼服，成了武士。

不。或许——他不能算是武士。

因为腰上没有剑。

就算佩了剑，也无法拔剑。他没有右手。

但也没有把剑佩在右边的规矩。虽然为了遵循礼法，似乎还是准
备了剑，但父亲说不需要。

然而，作之进严厉的叔公强烈反对，说世上岂有不佩剑的武士。

叔公说，考虑到桐生家的门第——不，若要遵循武家礼法，绝不
容许没有佩剑就进行冠礼。

确实，桐生家代代都为一个不算小的藩国担任剑术教习，无论俸

---

① 日本古代男子有剃除额上头发的习俗，剃发的顶部就叫月代。

禄或品级都不低，更重要的是，身为剑术教习，腰间没有佩剑，实在不成体统。

叔公的话合情合理。任谁都会这么想。

然而父亲不退让。

他说不能用的东西不需要。

剑不是装饰品。

不是不拔剑，而是不能拔剑。这样的东西佩在腰上，只是装饰。

结果最后只佩了短刀。

那场宴会气氛静默，几乎分不清是庆宴还是吊丧。

当天晚上，父亲把作之进叫去。

这是生平头一遭，因此作之进不知道该用什么表情去见父亲才好。他从未感觉父亲疏远他，但父亲也绝对称不上疼爱他。父亲总是与威严同在，作之进向来只是远远地看着父亲的身影。

他从未如此感觉飘动的右袖令人窝囊。他在父亲面前坐下行礼，抵在榻榻米上的手也只有一边。第一次，作之进深切地感知到自己只有一只手。

父亲——严峻地开口了。

魇
缘

我好几次看到父亲为弟弟换尿布。

我只觉得脏。

也许在弟弟拿掉尿布之前，我并没有那么喜欢他。弟弟的脸蛋越长越可爱，我偶尔也会从心底里觉得他好可爱，但应该还是觉得，我绝对不想做那么脏的事。那时候的我才读小学一年级，所以应该不会被叫去照顾婴儿，但我老觉得总有一天父母会叫我照顾弟弟，光想想就忧郁极了。

虽然结果并没有。

父亲和母亲都是安分守己而认真的人。

不管有多麻烦、多累人，非做不可的事，他们总是默默地去做。他们就是这样一对父母。

就算费事、耗时，他们也从无怨言，只是勤奋地工作。

当然，他们也没有疏于照顾我，但婴儿当然比较麻烦，所以我多半都是在一旁看着。

因此，或许让我萌生了类似罪恶感的念头。

如果我的父母更随便一点——或者起码会牢骚几句，也许我就可以更满不在乎一些了。

不。

或许是这样没错，不过有些不同。

是因为某些契机，让我忽然强烈地感觉我应该、必须照顾弟弟。

我开始觉得不能把弟弟交给父亲或母亲——尤其是父亲。

想归想，但我也不能做什么。

只是想而已。

父母几乎完美地处理好每一天的琐事，没有我插得上手的地方。显而易见地，学会并做好分内的事，不要麻烦父母，就是对他们最好的帮助。

但我也觉得如此一来，我和父母的距离就越来越远了。所以我只能怀着难以理解的焦虑，散漫而普通地过着每一天，但——

魇
缘

"你的手，是我砍掉的。"

父亲——如此说道。

起初作之进不解其意。

他只是惶恐万端，低俯着头。

即便要回话，他也不知道该说什么。

他已经准备了几套回答。如果父亲赏赐，就那样说；若是斥责，就这么答；若是训诫，就如此回应。他好好盘算过一番了。

然而——却不是其中任何一种。

他准备的说辞，全是徒劳。

不，岂止徒劳，它们早已从脑中消失。

"在你两岁的时候，我用它——把你的手砍了下来。"

父亲从刀架取下大刀，倏地拔出，举在作之进眼前。

作之进低俯着头，因此正确地说，并非眼前。

作之进无法抬头，只是注视着抵在榻榻米上的左手指尖。

但即使不看，也知道父亲拔刀了。不是听到动静，而是凭温度知道。他觉得。

刀锋几乎触及作之进的额头。

作之进屏住了呼吸。他觉得自己要没命了。

汗水倏地收住，体温骤降。

他没有发抖。他连发抖都不能。

好半晌，父亲凝然不动。刀锋静止，纹丝不动。不用看也知道。

整个房间凝固了，就仿佛冻结了一般。

"你——好胆量。"父亲说。

将刀收回鞘中。

父亲太瞧得起他了。护手"锵"的一响，同时作之进的心突突乱跳起来，汗水泉涌而出。

"不愧是我的儿子。"

所以我才砍掉了你的手，父亲再次说。

魔
像

弟弟那时候还包着尿布，所以应该是刚满一岁的年纪。

那天星期日。

我起得很晚，正在看电视，边看电视边吃早饭。

当时已经十点多了，所以与其说是早餐，其实更接近午餐。

母亲为我做了那波利意大利面。

不是早餐的菜色。

母亲做的意大利面很好吃，是我最爱的一道菜，所以母亲才
做给我吃吗？

我狼吞虎咽地吃着。不过也许是边看电视边吃的关系，裙子
沾到了一点酱汁。母亲温柔地叫我快点拿去洗，否则会洗不
掉。我脱下裙子，去换新的衣物。

就在隔壁房间。

父亲正在为弟弟换尿布。

这么说来，好像有听到弟弟的哭声。我还是觉得尿布好脏，
不过让弟弟就那样脏脏的，他应该会很不舒服，那样就太可

怜了，还是得有人帮他换尿布吧。

——我应该是盯着父亲的背影，想着这些。

总觉得朦胧不清。

不是我。

而是父亲的背影。

我换上新的裙子，绕到父亲前面。

弟弟用那张可爱的脸仰望着我。可爱极了。我看了看那张小脸，接着望向父亲。

不太——对劲。

父亲没注意到我。他对我的动作没反应。父亲只是面无表情地俯视着弟弟。

不，感觉像是在把玩着什么。

我的视线往下移。

父亲抓着弟弟仍细小脆弱的右手。然后——

"就是这个。"

声音阴沉地说。

魔
缘

作之进一次也没有抬头，深深地垂着头，额头几乎要贴在榻榻米上，问父亲：

"很抱歉，父亲大人——"

父亲没有说话。

"——孩儿不懂父亲大人的意思。"

作之进挤出声音似的，吃力地说了这些。

"把头抬起来。"父亲说。

作之进抬头一看，父亲正侧着身子。

"不必我说，你也知道，我们桐生家代代受命为我藩担任剑术教习。"

"孩儿知道。"

但作之进没有剑可以拔，也没有可以拔剑的手。

废嫡——

是要说这件事吗？

确实，作之进无法继承桐生家。他连握剑都没办法，遑论担任教习。他连一根木棒都挥舞不了。作之进从来没有拿过木剑，甚至是竹剑。

不，他想拿也没办法。

因为——他没有手。

所以，他从以前就在思考这件事。他这个废物会遭到废嫡，桐生家另收养子进来。为了延续桐生家，这是唯一的方法。

然而，父亲接下来的话，出乎作之进的意料。

"既然你已行冠礼，身为桐生家的嫡子，有些事你必须知道。"

父亲接着这么说。

"我——还是嫡子吗？我——"

"我只有你这个儿子。"

"但是父亲大人，我——"

没有右手。

父亲不是才说，是他亲手砍下的吗？

无法拿剑的人，不可能继承剑术教习这个重责大任。难道父亲要叫他开始修炼独臂剑术吗？

魇
缘

——就是这个。

如今回想，就是父亲这句话，强烈地激起了我心中非保护弟弟不可的念头。

什么叫**"这个"**？

父亲把玩的，是弟弟的手。

是惹人怜爱的幼童的右手，是我的弟弟、父亲的儿子的手，不是吗？那还能是什么？它就是弟弟的右手，不可能是别的了。想都不必想。到底什么叫"这个"？

或许只是不值一提的小事，却令我上了心。

我内心漆黑的感情，就是被那句话所唤起的。那听不见的不协调音，一直在我的脑中鸣响着，怪异的感觉持续威胁着我的生活。

话虽如此，父亲的不对劲，也只有那么一下子，觉得奇怪的也只有我，我们一家人的日常，接下来也无异于过往，就这样持续着。

除了我的心中被种下了隐晦不安的种子外，我们家可以说过着没有任何匮乏、富足而幸福的生活。

弟弟健康地成长。

他真的是个乖巧听话的好孩子。

我一天比一天更喜欢弟弟。

我也会努力照顾他，就像不愿意输给父母。

看到这样的我，母亲很开心，说"你果然是小姐姐"。父亲也很开心。

不，最开心的应该是父亲。

受到称赞，我很高兴。

孩子只要看到父母开心，也会跟着开心。

然而父亲越是开心，我却越发感到不安。

当然，这股不安并不明确，表面上受到称赞，我还是很高兴，然而我却强烈地感觉，这份喜悦的内侧布满了看不见的、像渣滓般的东西。

总觉得——

好假。这份幸福好虚假。

魔
缘

"没必要拿剑。"父亲说。

"你听好，作之进。桐生的嫡流有个戒律，那就是绝不能拔剑。"

听到这话，作之进完全糊涂了。

桐生家不是这个藩的剑术教习吗?

教习不拔剑，有这种道理吗?

"孩儿——不懂父亲大人的意思。"

"这是神君①的通告状。"

父亲拿出存放公文的信匣。

"你若不信，自己看吧。"

"那么，桐生的剑是——御止流②——不，可是孩儿并未听闻桐生流禁止与他流比试……"

---

① 神君是对江户幕府初代将军德川家康的敬称。

② 御止流指江户时代仅在一藩之中流传，禁止让任何他流人士看到练习的武术流派。

"禁止与他流比试的，仅有将军家教习的柳生流和小野一刀流，这两个流派就是所谓的御止流。不过武术中人，惯例上本不轻率向他流展现武艺，任何一个流派，都不会轻易与他流比试，我藩表面上亦是如此。不过——唯独咱们桐生的剑术是特例。咱们桐生的剑术——是神君家康公亲自谕示为隐御止流的。"父亲说。

"可以收门人，门人也可以与他流比试，不受禁止，但绝对不会向外人倾囊相授。"

"是这样吗？"

"没错。即便是代理师范①，亦无法尽得真传。因为身为宗家的桐生嫡流，绝不会在门人以外的人面前拔剑。不，就连拿木剑之类的，也被严格禁止。"

"这、这是为什么？"

"因为太强了。"父亲说。

"请等一下，这是说，桐生比柳生——比小野更强吗？"

"柳生和小野禁止与他流比试，是因为他们不能输。倘若教习落败，将军家的权威将会扫地。但柳生和小野都很强，不会轻易输给别人。即便如此，仍为了慎重起见，将此二派定为御止流。但桐生家情况不同，桐生家的嫡子绝对不会输。"父亲说。

"绝对不会输——？"

"绝对不会。"父亲斩钉截铁地说。

---

① 代理师范（师范代）为代理师父传授学问或技艺的人，亦是一种职位、执照或称号。

魔
缘

这天是运动会补假。

我上了四年级，弟弟四岁或五岁，应该是这个年纪。这时他已经上幼儿园了，应该没错。这天是平日放假，记得我正悠闲地看漫画。

母亲出门买东西，家里只有我一个人。

母亲说买完东西，会去接弟弟。我在接力赛中大出风头，母亲今天好像要做我喜欢的起司汉堡排作为奖励。弟弟也很喜欢汉堡排，他一定会很开心。

所以那个时候，我引颈期盼着母亲回来，也好期待晚餐。

而弟弟会跟着那晚餐的材料一起回来。

母亲煮晚饭时，我就陪弟弟玩好了。

我悠哉地想着这些事。

要玩些什么好呢？一起看电视吗？弟弟最喜欢《小熊维尼》，每次看到同一个地方总是会哈哈大笑，这让我觉得好笑，不停地重播给他看，每回弟弟都会笑得满地打滚。笑得满地打滚的弟弟实在很好玩，我也会忍不住跟着笑。这种时候，我一点都不会感到不安，只觉得真的好好笑，好快乐，好幸福。

今天接下来会很幸福。

我打算先看漫画，等待那幸福的时光到来。

今天好好地宠弟弟吧！弟弟很乖，天真无邪，我越是疼他，他就越开心。我们从来没有吵过架。我们没有理由吵架。弟弟不会没大没小，也不会调皮捣蛋。我喜欢弟弟。比汉堡排更喜欢一千倍。

我边翻漫画，边想着这些。

结果。

玄关门打开了。

连门铃也没响。

是母亲忘了东西，回来拿吗？我过去一看，结果不是。

是父亲。

而且父亲带着弟弟。父亲不用上班吗？父亲不应该在这个时间回家。

"我等得太久了。"父亲说。

魇
缘

"我们的剑术，绝对不会输给柳生流或一刀流。一定
会赢。"

"父亲大人和他们交锋过吗？"

"正式记录上没有。"父亲应道。

"但桐生赢了。因此柳生和小野才会被禁止和他流比试。我
们桐生赢了，所以成了御止流。没有任何一个流派打得过
桐生。"

"那——"

"这可不是过去的事，现在依然是。桐生的剑是无敌的。照
理说，我们桐生家才应该是将军家教习。武艺足堪指导武门
领袖将军家的，全天下唯有桐生家。然而——并未如此。"

"这又是为什么？"

"你听好，作之进，桐生的剑——不是流派，而是外人无法
习得的剑术。我们的剑是唯有桐生的血脉才能练成的秘剑。
桐生虽然有许多门人，却无一能习得真传。无论再怎么修

行，亦模仿不来。不，即便为同宗之人，像你叔公就不值一提。桐生剑术的强大，仅由嫡子一人继承，因此无法传授任何人。既然如此，亦不可能担任教习。但——桐生的剑绝不会输。"父亲说。

"所以才会被禁止拔剑。作为补偿，我们桐生家这破格的厚禄及高位，将永世获得保障。尽管无法侍奉将军家，但即便现在供职的此藩遭到裁撤，也保证会受到他藩聘用。我们——有神君的书面保证。"

父亲总算把脸转向作之进。

"但是——"

"但是——什么？"

"时代会变迁。幕府——开始畏惧了。"

"畏惧什么？"

"这只手。"父亲说，把右手伸向作之进。

"畏惧这不曾落败的剑术。不过作之进，我们对幕府丝毫没有反叛的念头。在这太平盛世，即令剑术再怎么高强，我们也并未愚蠢到认为仅凭一把剑能做到什么。不过也有人不这么想。有人居然大逆不道，意图让神君的保证成为废纸。所以——"

"我砍掉了你的手。"父亲说。

魔
缘

父亲把弟弟带去厨房，把他抱到料理台上。

弟弟东张西望，一副不明所以的样子。当然，我也不知道父亲想要做什么。

父亲以完全无异于平常的样子，叫弟弟乖乖坐好。然后他脱下西装外套，挂在厨房椅子上，一板一眼地卷起衬衫袖子，穿上母亲平常穿的围裙。

什么？

这是在做什么？

"有点难弄呢。"父亲说。抱起弟弟，把他带去浴室。

我迷迷糊糊，只觉得不安极了。就好像整颗心翻了过来，过去布满内侧的漆黑不安全都露出表面来了。瞬间，不安一下子膨胀，我的心变得一片漆黑。

过去听不见的不协调音，这时就像耳鸣一样盘旋着，轰隆隆震动我的鼓膜。当然，实际上应该没有任何声响——

但我的耳朵听见了。

不要。不要、不要！

轰隆声中断了。

我听见像是"哇！"还是"咕！"的声音。

"不可以，不可以，不可以……"

我说着。

不是对什么人，只是这样喃喃自语着。

然后我闭上眼睛，捂住耳朵，当场蹲了下去。

直到母亲回来，我就像块石头一样，缩在厨房角落。

后来的事我记不清楚了。救护车和警察来了，爷爷和奶奶来了，我就这样被带去爷爷奶奶家。离家的时候，我瞥见浴室里一片鲜血。那天我睡不太着，隔天警察来找我，问了我很多事。奶奶一直哭。

后来过了四五天，我见到弟弟了。

弟弟躺在医院的床上，那张脸还是跟以前一样可爱。

魔
缘

"你有天赋。"

父亲这么对作之进说。

"怎么可能？这——"

作之进按住右袖。

空洞的袖子无依地瘪塌，左手一下便按到了躯体。

"父亲大人在说笑。"

"不是说笑。"父亲说。

"你自己或许不明白，但我一眼就看出来了。"

"一眼就——"

"没错。看到刚出生的你，我背脊发冷。这孩子将来不容小
觑。长大之后，必能穷极桐生的剑术。我如此确信。当然，
应该只有桐生一族族长的我看得出来。"

"但，可是——"

"总有一天，你会比我强大太多。超越我，意味着成为全天
下最强的人。你必定会所向披靡、举世无双。所以我才砍掉

你的手，免得变得如此。这是对幕府恭顺的明证，表明桐生毫无谋反之意。"

作之进的左手用力握住空洞的右袖。

"你不服吗？若不这么做，或许你已经没命了。"父亲说。

"虽然牺牲了那只右手——但你得到了永世的厚禄与家族的平安。你要心存感激。"父亲说。

"你什么都不必做。桐生流交给代理师范就行了。太平盛世的剑术教习，那种程度刚好。就连藩士和藩主，也不追求真正意义的剑术。我们只是装饰，那么就让他们去装饰吧。不必干涉，代理师范自会挑选下一任代理师范。在他们的指导下，许多人徒劳地挥舞棒子，而你只要看着就行了。"

"好好记住！"父亲暴喝。

"一辈子都不许拿剑，不许拔剑。不过——就算你想也没办法。"

"父亲大人……"

"我会为你娶妻。"父亲接着说。

"交给我就行了。你就照原本那样过吧。"

"不要多想，安于你现在的身份就是了。"父亲就此结束谈话。

魔
缘

父亲被逮捕了，但被诊断处于心神丧失状态，进了医院。

这是当然的。倒不如说，父亲根本是疯了。

不，他就是疯了。

弟弟的右手接不回去了。

听说断面被菜刀剁得稀巴烂，成了一团肉酱。

弟弟一定不明白发生了什么事。我觉得弟弟一定很痛，但他完全没哭。

母亲就像变了个人，萎靡不振，宛如废人。这也是当然的。

丈夫毫无前兆，突然就砍掉了爱子一只手，这种荒唐的事，什么人能预料得到？

我也暂时请假没去上学。

老师和许多人轮番来看我，安慰我、鼓励我。

虽然我应该要感激，却不怎么开心。

可怜的不是我，而是弟弟。

大家都说，你一定很震惊，一定很难过，一定吓坏了。每个人都说，你爸爸失常了，他那时候不正常，是生病了。

他们还说，所以快点忘了这件事，振作起来吧！

怎么可能忘记？

弟弟的手没了。

一辈子都没了。

而且——

我——似乎早就知道父亲想要砍掉弟弟的手。

从很久以前就知道了。一定是的。所以才会不安。那个时候——看到父亲帮弟弟换尿布的样子，我会那样地不安，是不是因为我知道？我一定是知道的。所以才会想要保护弟弟。我是打算保护弟弟的。然而尽管知道，我却没能保护好他。

这让我懊悔极了。

母亲什么事情都不做了。我也没吃到奖励的汉堡排。应该一辈子都吃不到了。

过了一年半左右，父亲回来了。

魔
缘

不对。

不对，不对。

不是这样的。

父亲在撒谎。

这样的疑念涌上作之进的心头。

圆窗另一头，大朵的百合傲然盛放着。

自从冠礼那一晚后，作之进一直在想。日复一日，不停
地想。

父亲的说法，乍听之下煞有介事。

神君赐予桐生家书面保证，这似乎是真的。

此外，桐生流代代从未有外人获得真传，也是事实。另外，
幕府中有人对桐生家的破格待遇提出异议，似乎也确有
此事。

这是荒唐到家的揣测。

谋反根本是痴人说梦。

即便谋反，也不能如何。纵然真如父亲所说，桐生的剑是天下无双，厉害的也只有父亲一人，但这又能如何呢？不论再怎么强，即便是所向无敌，那也是一对一的情况。

就算能砍倒数人、打赢数十人，也不可能独力夷平整支军队。

那么，即令有倒幕的意图，也不能如何。毫无用武之地。武艺能够推动世局的时代早已结束了。不，从来就没有这样的时代。无论剑术再怎么高明，那也仅是意味着擅于杀人，没有更多的意义。

无论任何时代皆是。

所以——应该怎么样都能辩驳的。但没有证据。若是遭到怀疑，会累及藩主。幕府总是虎视眈眈，寻找削弱诸藩力量的机会。幕府寻隙责难，删减或转封领地，有时甚至撤除该藩。这已是现今世局之常。

砍掉嫡子的手。

应该会是十足的明证。

不过不是的。那是假的。冠冕堂皇的理由，只不过是借口。

根本不是这么一回事。

作之进注视着百合花，如此确信。

魇
缘

那个时候，家里的事都是奶奶在做。

母亲一直关在房间里。

一开始她会哭，但后来可能是泪水哭干了，她不再哭泣，神情木然。有时她会摇摇晃晃地走出房间，但是一看到厨房或刀子，就会疯狂尖叫，逃回卧室。她也不愿意进浴室，好像都是奶奶替她擦澡。

母亲坏掉了。

这个世界，不再是母亲能够理解的世界了吧。

当然，母亲也不照顾弟弟了。弟弟少了一只手，却没有什么太大的不同。不过那也只是在我面前，在别人面前，他好像不太说话了。我尽量抽出时间照顾弟弟。朋友都开始准备考试，我却没办法去补习。

因为我们家连收入都没了。

学校也很无聊。虽然我没有被霸凌或排挤，但同学还是会与我保持距离。这也是没办法的事。

我的父亲是莫名其妙砍掉亲儿子手臂的疯子。我什么也没做，反而接近受害者，但我依然是疯子的女儿。

也有很多人同情我，但对我亲切的人，他们的眼神无非是隔着"她是疯子的女儿"这副有色眼镜——我觉得。也有很多源自有色眼镜的同情。

这都不重要。

就在这时，父亲出院了。

医院说，父亲没有暴力倾向。

院方的说法是，原因是重度压力，要我们暂时好好让他休养。

我觉得这太离谱了。

是要怎么休养？

被砍掉一只手的弟弟，和砍掉他的手的疯子父亲，以及因此变成废人的母亲待在同一个屋檐下，有可能好好休养吗？会这么想的人，才是疯了。

父亲就和以前一样，说着"我回来了"，很平常地回家了。

然后他一看到弟弟，便说：

"一只还不够呢。"

魔缘

"父亲大人是怕我吧？"

作之进说。

"没错——我确实有天赋。能在我还在褓褓时就看出这一点，您确实眼力过人。但是父亲大人，您隐瞒了您的真情。您搬出冠冕堂皇的理由，来掩饰您的真心。我说得不对吗？父亲大人是不是嫉妒往后将会发挥天赋的我？很快地，我会变得比您还要强。如此一来，您将再也不是日本第一的剑士了。您无法接受，无法容忍，所以才畏惧我。是不是这样？"

没有回应。

"隐御止流是绝对无法站上舞台、向世人展现技艺的身份。如您所说，桐生家将永保安泰。但反过来说，也注定要永远湮没无闻。无法立下武功，无法出人头地，也无望飞黄腾达，绝不可能得到更多的荣耀。因此您唯一的依托，就只有自己的剑术。我很强，比任何人都要强，是全日本最强的，您借由这样想——不，您必须这样想，才能活下去。我说得没错吧？所以您绝对无法忍受有人会超越您。您对此害怕、恐惧得不得了，是不是？"

所以您才砍掉了我的手，对吧？作之进在父亲的耳畔喃喃细语道。

"您答不出来话吗？我想也是。您已经发不出声音了吧。您已经不行了。什么天下无双。因为不再拔剑，所以本事衰弱了吗？退步了吗？不——可是您的眼光确实精准。我比您更强。毕竟我完全不经修行，就可以像这样——"

"把您砍倒。"作之进说，朝父亲斩下第二刀。

血花溅上脸庞。

父亲的右臂落地。

"您机关算尽，却是白费功夫，父亲大人。看来我惯用的是左手。既然要砍，您应该把我的两只手都砍掉的。不，您应该直接取我性命的。宰杀一个婴儿易如反掌，甚至无须动刀。既然您是个只能靠保身、荣华这些可笑的虚荣才能活下去的窝囊废，就应该这么做。不，就因为您是窝囊废，所以才下不了手吗？"

"不、不对，你是、我的——"

父亲话音未落，作之进已砍下父亲的首级。

魔
缘

父亲就这样往前栽倒。

玄关形成一片血泊。

总觉得好容易。连抵抗都没有。

不过还不行。这样还不够。还不能安心。

我费力翻过父亲沉重的身体，拔出插在肚子上的菜刀。

血就像喷泉一样射出，父亲的衬衫一眨眼被染成鲜红。

父亲的嘴巴像金鱼一样一开一合，发出不知道是呼吸还是话

声的"哈呜哈呜"声。

我将菜刀刀锋对准他的脖子，全身的体重压了上去。

菜刀一寸寸陷进父亲的脖子里。

再一次压上去。

接着我用手帕缠绕刀柄，重新握好，使劲抽出。但刀子拔不

出来，我前后扳动。

赤黑色的血汩汩涌出。

比想象中的更难拔。

第三次，菜刀总算拔出来了。

一塌糊涂，分不出是赤红还是漆黑了。

父亲死掉了。

"你搞错了，爸。"

我说。

独臂的弟弟在厨房看着。

卧室的门打开，废人的母亲也在看着。

我们一家暌违许久，再次团聚了。虽然才刚团聚，就少了一个人。

很安静。

虽然整个毁了，但这下就再也没有不安了。虽然希望、未来、幸福都没了，但起码不再有不安。那神秘莫测的漆黑事物已经消失了。

剩下的，就只有染满鲜血的绝望啊，爸。

奶奶报警了吗？

嗯，应该报警了吧。

"要砍，就应该砍我才对。"

这时我好像说了这句话。

虽然连我自己都不解其意。

魇
缘

狂乱的桐生作之进将赶到的家仆一个个砍倒，就这样奔出大宅，朝城的方向奔去。接获通报的门人和官差追上去逮人，但作之进激烈反抗，结果在前往城的途中丧命了。

因此无人知晓作之进何以痛下杀手残杀亲爹。

共有三十多名武士前往捉拿作之进，其中十五名受伤，九名丧生。

一名才十六岁而且从未拿过剑的孱弱独臂年轻人，居然能上演一场如此惨烈的全武行，一时实在教人难以置信。

他是沦落为鬼了吗？

不，也许他本来就是鬼，城下的人皆议论纷纷。

这场死伤事件亦累及亲族。在同一藩奉职的桐生家分家因本家之过遭到究责，作之进严厉的叔公切腹谢罪，被剥夺一切权利。

桐生家就此灭绝。

似乎亦从记录中被抹消，官方记录上找不到任何蛛丝马迹。

桐生家祖先墓地所在的寺院，也找不到作之进的名字。

不过听说桐生家的宅第遗址处有座石碑，上面仅刻了个
"鬼"字。

是谁建的？

据说石碑底下埋着作之进的亡骸，也有人说埋的是父亲的首
级，但是到了明治中期左右，石碑亦消失不见了。

作之进本来就是鬼吗？

还是后来变成了鬼？

我觉得都不是。

因为，我是人。

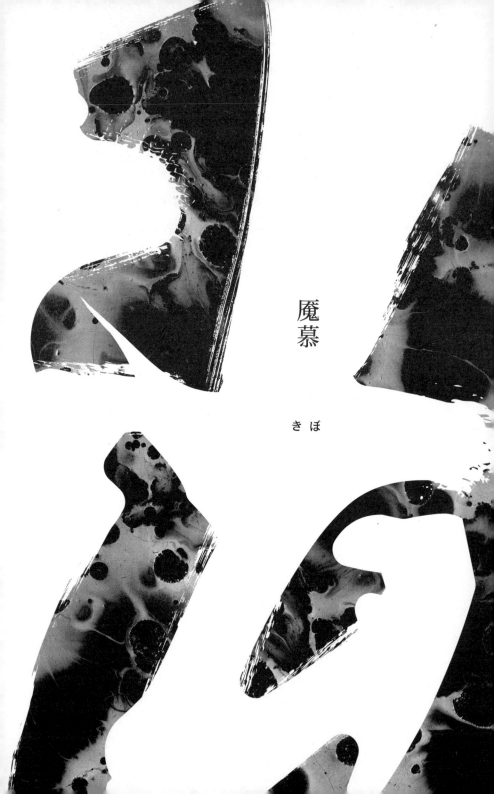

魘慕

きぼ

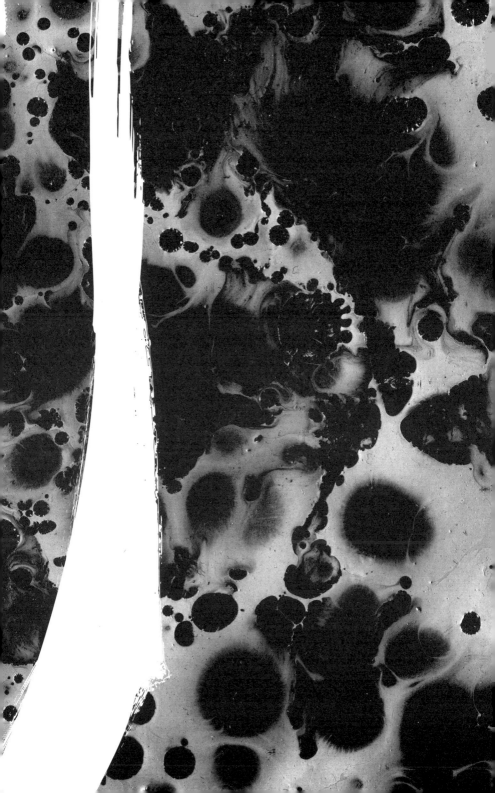

"人不是什么都做得到吗？"女人说。

"什么叫什么都做得到？"

"就是什么都做得到啊。"女人说，背过身子，准备酒水，"想哭就能哭，想笑就能笑。"

"这不是理所当然的吗？"

"想飞就能飞。"

"人哪能飞？"男人说。"怎么不能？"女人玩笑地答道。"嗯，或许吧。"男人也应道。

应该不是在天空飞的意思。要是能飞，他现在随时都想飞。

真是个好女人。

"就连遮天蔽日，停止时间都办得到。"

"那太厉害了。"

没必要正经当一回事。应该风趣地应对才是。

"或许吧，人只要想，什么事都做得到。"

"咦，你可别乱想哦。"

"真敢说。"

房间里一片昏暝。

灯放在地上，而且极其幽微。摇曳的微弱灯光形成的橘色空间一离开光源便开始朦胧，实在无法触及天花板。不，别说天花板，连坐在地上的男人的脸都照不到。

"听说你是未亡人？"

男人是这么听说的。

"我不喜欢人家这么叫我。"女人答道。"未亡人的意思是还没死掉的人，对吧？"

"是吗？我是没仔细想过，不过应该是这个意思吧。意思是丈夫先走了，却没有追随而去，独留在世上的女人吗？那的确不是什么好字眼呢，简直像是在咒人早死。"

"是啊，而且也不符合我的情况。"

"说的也是。嗳，另一半走了，的确令人伤心难过，但也不会因此就追随着去吧。不管再怎么难过，光是难过，也死不了人。不会因此就想死。"

"死了就轻松啰。"女人说。

"轻松吗？应该吧。当然，我没有死过，不晓得会怎么样，不过应该可以从烦恼、悲伤这些苦恼当中解脱出来。可是啊——"

"你不想死？"

女人甜腻地问。

加上蜡融化的香气催化，男人似乎有些醉了。

明明根本没喝酒。

"你——也没了妻子不是吗？"

"是啊。"

"很难过吗？"

"是啊，老实说，难过极了，几乎消受不了。嗳，当时新生活才刚开始，一切都才要起步，她竟在这时候走了，那感觉就像失去了一切。"

"我恨死老天爷了。"男人说。

"我老婆死于时疫，所以也没法恨谁。这要是被谁害死的，还是碰上意外而死，不管是下手的人，还是意外的肇事者，总还有个发泄的对象。就算是生病，若是悉心照护，最后药石罔效地走了，也还可以自责。但我老婆才患上了病，短短七天就走了。"

本以为只是场小感冒。尽管悉心照料，但直到脉搏停止，他都没有想过这会是致死的恶疾。不，就连呼吸停止后，他还继续替老婆擦汗，喂她喝水。

尽管擦干的汗没有再冒出来，水壶里的水半点也没有减少。

"发现她死掉的瞬间，怎么说，就好像天轰地塌了下来，地哗地塌陷，坠入地狱深渊一般，冲击就是这么大。真是窝囊哪。我整个人失魂落魄，葬礼什么的，全都靠街坊邻居帮忙，待我回神，老婆已经变成一团骨灰了。变成骨灰，埋进墓里后，哀痛才猛然冲上心头，却已经——"

"你很爱你老婆呢。"女人换了副神情，肃穆地说。"被你如此深爱，你老婆真幸福。"

"是吗？谁晓得呢？人都死了，也没有什么幸福可言吧。"

"是啊。如果死了，就没有幸或不幸可言了。不过在她过世之前，你一直守在她旁边照看着她，起码这段时间——"

"不。没有的事。我的确是有照料她，但我一直以为就是场小感冒。当然，我希望她快点好起来，但这念头有多强烈，也实在难说。希望她快点痊愈的心情里头，也有不少懒得照料病人的惰性，应该也有对无法痛快生活的不满。"

"你这人很老实呢。"女人又发出甜腻的声音。"不忠的念头，每个人心里都有。叫人拿掉这样的念头，才是强人所难。所以，只要别让对方察觉就行了。彻底隐藏心中的不忠——就是忠贞。"

女人端酒过来，在斜前方坐下。

动作妩媚万端。虽然微弱的灯光变得更加无依，胸部以上几乎都朦胧地融入黑暗之中了。

倒酒的纤指，在橘色灯光照耀下愈显白皙，令男人目眩神迷。

"藏在心底就是了吗？或许吧。"

这么一来，她也算是有点救赎吗？

即便只有一点，也算是有了回报吗？

"不过人死了也就完了。"女人说。

对了，这个女人也才刚丧夫而已。

"你的——丈夫呢？"

难以启齿。

"我——我也爱着他。直到现在都还是爱着他。虽然很可悲。"

"可悲？"

"是啊。倾慕、依恋、向往、热爱——每个字眼听起来都很悦耳，但说穿了就只是执着。是固执、拘泥，这些罢了。这样的情感，是无法传达给对方的。所谓两情相悦，指的就是彼此执着。"

"或许就像你说的吧。"

"所以如果不能把谎话撒得完美、撒得彻底，彻头彻尾隐瞒自己的不忠，一下子就会分崩离析了。"

"分崩离析——？"

"是啊。如果没办法再继续幻想对方也喜欢自己，爱情就会沦为单纯的执着。那——就只是嫉妒罢了。"

"是丑陋的感情。"女人说。

"你是说吃醋吗？"

"会开始害怕。"

"害怕什么？"

"一想到自己的爱情会不会只是丑陋的执着，就忍不住要害怕。因为不愿意这么想，所以会想要确定，但这是绝对找不到确证的。毕竟即便是自己的丈夫，也没办法窥看他的内心。要是能够——我觉得这更要可怕多了。所以我希望他骗我，把我骗到底。除非相信对方也跟自己一样，否则爱就只是一种罪业。"

"极深的罪业。"女人说。

"你深爱着你丈夫呢。"

女人影影绰绰的脸微微地左右摇动。

"不是爱，是想要去爱。"

"你对你老公其实是怎么想的？"

"我不知道，就跟你一样。"

"跟我一样？"

"我一直觉得即使被冷嘲热讽，也隐忍下来，受到厌恶，也任劳任怨，为丈夫掏心挖肺，鞠躬尽瘁，才叫作忠贞。我误以为这是理所当然的。大概只是这样罢了。"

"我不懂，什么叫只是这样？"

"我不知道自己是不是爱他。"女人说，将杯中物一饮而尽。"我是他的妻子，所以爱他是天经地义的，所以必须努力去爱他，如此一来，丈夫一定也会理所当然地爱上我——我居然相信着这种幻想，明明早就不是三岁孩童了。即便世上真有这样的关系，那也如同天上的海市蜃楼啊！"女人朝着漆黑的天花板叹道。

"尽管我骗得了自己，心意却无法传达给对方。"

"怎么，难道你丈夫在外头放荡？"男人问。

"嗯——"

"酗酒、赌博——还是对你动粗？"

"他从来没有打过我，但感觉上就像每天挨打一样。他的心从来不曾向着我。"

"你们不是两情相悦才在一起的吗？"

"是父母决定的媒妁之言。"

"是被强逼的？"

"不。"女人摇摇头。"这门亲事——是对方主动攀亲的。不过原本差点告吹了。但对方无论如何都希望我嫁过去，我父母也就罢了，我本身也没有异议，所以答应了。既然结为夫妻，就要共度一辈子，所以我不管怎么样——"

"都想要爱上他吗？"男人说，也饮尽杯中物。

酒很烈，就像要毫不留情地渗透饥渴的部分。

要小心别喝多了。

"那——你不知道自己是不是爱上他了？"

"嗯。不过我对他执着起来了。我想要爱上他，但我希望他更多地爱上我。然而期盼落空，徒留丑陋的执着。"

"这能说是丑陋吗？"

"很丑陋。因为我越是强烈地希望、越是牺牲奉献，他就越疏远我。这是当然的。一厢情愿的情感，完全就是骚扰。现在想想，我固然感到受伤，他也感到厌恶吧。可是，我却认定唯有一个劲儿地为他奉献，是让他爱上我唯一的方法，误以为如果我爱他，就能够承受他的刻薄，相信不管是爱上他，还是让他爱上我，都只有这个方法，而事实上我也只有这个方法。根本——完全反了。"

"这不是一往情深吗？"

"是愚昧。"

"或许愚昧，但是很惹人心疼啊。"

"你——真的这么觉得？"

嗓音撩人。

"嗯——你是个认真的女人，是你丈夫太不认真了。遇到认真的女人，不认真的男人就会想要逃离。因为自己有亏心之处，会觉得好像无所遁形。可是就算他想要迁怒于你，你也没有任何过错，所以——"

会逃避。

"是你丈夫不好。"男人说。

"你这么觉得？"

"那当然了。嗯，就像你说的，每个人心中都有不忠的念头。你说不被对方察觉，就是忠贞，这话应该也不错。不过更重要的是——害你这样的美人哭泣，就是不对。"男人说。

"世上善妒的女人多如过江之鲫，许多男人明明光明磊落，却无端受猜疑，含冤受屈，甚至遭到泼妇骂街，拿东西乱砸，这些，嗯，确实很丑陋。"

“我也是一样的。”

“不一样。善妒的女人那模样可恐怖了，甚至让人怀疑她们是鬼。她们气焰嚣张，指责全是男人的错，但你不是。听你的描述，你反而是遭到丈夫虐待而哭泣。”

“我是哭过，可是——我跟她们还是一样的。”女人说。

“我只是没有表现出来，其实还是在嫉妒。”

“你丈夫花心？”

“是的。他爱上不晓得哪儿来的年轻女人——不肯回家了。”

“真叫人心虚。”男人说。

“你也是这样？”

女人斟酒。

“说来惭愧。”男人道，一饮而尽。“嗳，这也不是什么值得炫耀的事。我也是个没用的男人。”

“哎呀……”女人应声，笑了。

感觉像是笑了。

“那，你丈夫后来呢？”

“没有回来。”

“抛下一片痴心的妻子，踏上不伦之恋，最后和花心的对象殉情——是这样吗？”

“要是这样还好。”

“怎么，难道他病了？”

“不。”

这是个不该问的问题吗？男人忽然想。

"还是被人杀了？"

女人默然。

"啊——抱歉，我不问了。就算我知道了也不能怎样。这话题真是闷煞人了，这样不行。"

男人递出酒壶，女人轻举酒杯。

白皙的指头惹人怜爱。

"难得有缘认识，应该聊些愉快的事呢。"

"是啊。不过我们是通过祭墓才得以结识，这也是没法子的事。"

"说得不错。"

男人在墓地被一名小姑娘叫住。

"您有亲人过世了吗？"小姑娘问。

男人说他死了妻子，小姑娘便说她认识一个女人，一样失去了另一半，正黯然神伤，请他前去安慰一番。因此男人才会来到这个家。

"听说你每天都去上香？"

"对。我和老婆都是背井离乡，才刚搬来此地，所以也没什么人来看她。这么一想，我实在太不忍心——或许你会觉得我太恋恋不舍，但我实在割舍不下，总是一回神，人已经来到她的墓前了。虽然就算去她的坟地，也无法抚平哀伤，这实在太婆婆妈妈了。"

"我没办法去他的墓前上香。"女人说。

"这样吗？所以才会请那位小姑娘代为祭拜吗？我看那小姑娘似乎也是每天都去。"

"是的，我——没法过去。"

"因为会触景生情吗？"

"是的。就算去了，也见不到他，也无法向他道歉。"

"道歉？你吗？你有什么好道歉的？"

"是吗？"

女人抬起头来。好暗。只看到嘴唇。

"是啊。你丈夫抛弃你跟别的女人跑了，就这样死掉了，对这种人，有什么好赔罪的？该道歉的是你丈夫才对。"

"这样吗？听到这话——我心里好过些了。"女人说。

"好过些？"

"嗯。因为都到了这步田地，我还是抛不开丑陋的执着。他一定也很厌恶我这样。"

"人都死了，也不会计较什么了吧。他才不会厌恶呢。就像我的另一半再也感觉不到幸福，你的另一半一定也没有任何感觉。再说，那个男人——够幸福啦。"男人说。

"幸福？"

"就是啊。人都死了，还能让你如此思慕，难道还不够幸福吗？而且生前他只会折磨你，一点都没有让你幸福，不是吗？对你这样残忍，却能得到你的爱慕，这不叫幸福，还能叫什么？"

"是这样吗？"

女人俯下头去。

"就是啊，难道不是吗？"

"我也不知道。对我来说，这只是下作的执着。我和他的关系，已经无从改变了。毕竟我们的世界已经不同。我和他——是生死两隔。"女人说。

"不管是彼此了解、相互原谅，还是反过来果决地一刀两断——都办不到了。换句话说，我这丑陋的执着，永远都只能这样了。"

"毕竟对方已经死了嘛。"

"可是，嗳，那也只能骗自己啰。我也是一样的。既然还活着，就得活下去才行。虽然没法忘记，但可以叫自己看开。"

男人伸手——

意欲触摸，女人倏地闪躲。

还太快。

"你——也才刚走了夫人吧？"

"对。我成天落泪，哭个不停。可是还是得往前走才行。因为你跟我都还活着啊。"

"不，你这话错了。"女人说。"你过世的夫人——"

"她不是我妻子。"

没错。死掉的阿袖不是男人的妻子。

"她是——是我私奔的对象。我的妻子在故乡。"

"那——"

"我抛下我老婆了。我也是个坏男人，对吧？跟你的丈夫是同类。不，或许比他更糟糕。"

"你故乡的夫人——"

"她是个苦命的女人。"男人说。

"苦命——？"

"是——啊。她嫁给了我这种玩世不恭的男人，嗳，除了苦命，还真不知道能怎么说了。"

虽然不曾反省或后悔，但男人认为错在自己，这一点是肯定的。

唯有这一点，他有自知之明。

"你——为什么——"

女人断断续续地说。

她是把妻子的境遇和自己重叠在一起了吗？自己太多嘴了吗？

"为什么——跟别人私奔了？你不喜欢你的夫人吗？"

"这个嘛……"

妻子她——

"她很美，是个很有教养、性情温婉的女人。嗳，嫁给我太可惜了。要我举出她的缺点，我还真举不出来。倒不如说，她是个完美无缺、完美过头的女人。完全没有让人讨厌的地方。"

"那，你喜欢她？"

"我不知道。"男人说。

"就跟你一样，我努力试着去喜欢上她，可是啊——"

虽然男人不知道他的行止当中何处称得上努力。

"可是什么？"

"没办法。这不是男女这一类的问题——嗯，是啊，借用你的话，或许我是厌恶被执着。"

"厌恶？"

"我并不讨厌我老婆。应该说我是受不了那种被束缚的状态吧，不管怎么样，这都是自私自利的说法，但我这人就是这样。所以这不是喜欢讨厌的问题。我受不了被束缚的生活。我厌恶受到束缚，所以也不喜欢束缚对方。"

"但是对方希望你束缚她，对吧？"

"是吗？可是，嗳，我也清楚自己的说辞有多不讲理。我和我老婆就跟你们一样，是父母之命、媒妁之言。而且是我千求万求，非要跟对方做夫妻的。然而真的结婚之后，我却像这样成天在外头风流放荡，不好好工作，也不回家，花天酒地，最后在外头包养了年轻女人，这样的行径当然不对，而且我老婆没有半点过错，我完全无从辩解。全是我不好。"

"尽管错在自己，但我就是这种男人啊。"男人说。

"我就是改不过来。我老婆什么也没说，这更让我难受了。可是我父亲终于动怒了。当然会动怒吧。即使如此，我老婆还是替我安抚父亲。"

不晓得她在想什么。一般人——不可能这么做，男人想。

"不过这反倒惹得我父亲更加大发雷霆。因为我完全死性不改。'有个如此爱慕你的媳妇，你那是什么德行？你媳妇实在太可怜了。'我父亲把我痛骂了一顿，我母亲也没法再视而不见，说他们身为父母，不能再放任自己的蠢儿子继续做傻事，把我给软禁起来了。"

女人默默地举杯啜酒。

"他们要我好好反省，可是有什么好反省的呢？我完全清楚错在自己，要是能痛改前非，老早就改了。我也觉得自己的老婆很可怜，但就是改不了。这要是善恶不分，所以才做出那种荒唐事，那么一旦发现那是错的，或许也会改过向善吧。毕竟就算继续放荡下去，也没有好处。要论得失，显然损失更大。我老婆娘家家世不错，家产也不少——不，我老婆本身是个无可取代的贤妻。尽管如此，我还是身不由己，明知道不对却还是要做，所以根本没救了。我觉得自己很蠢，但就是没办法。若说我没用，想都不必想，真的很没用。"

"你——觉得自己没用吗？"

"那当然了。死掉的女人，坦白说，就只有年轻，外表和气质都远远比不上我老婆。死掉的女人不是什么坏女人，不过个性开朗活泼，嗳，是个傻女人啦。她没有父母，又穷，所以才会自甘堕落，做起见不得人的行当来，跟我一样是个没用的人。要不是这样，她也不会跟我这种没用的男人，而且是有妇之夫私奔吧。我们会来到这块土地，也是来投靠她的亲戚的。是漫无计划地过来的，也不晓得往后要怎么谋生，只是马马虎虎地觉得总有法子过下去。真的很随便。虽然我也不认为可以永远这样游手好闲下去，但就是觉得总有办法。没想到——她就这样死了。"

"因为生病。"

"对，生病。我觉得是我愤怒的妻子化成生灵，附在她身上把她给咒死了。"

"你的夫人——应该没有生气。"

女人说。

"如果是我——就不会生气。"

"我想也是。我妻子应该也没有生气。要是她肯对我生气——或许就不会是今天这个局面了。"

男人说，女人别开脸去。

"所以只是单纯的生病。若不这么想，这日子实在过不下去。这要是天谴，死的也应该是我才对，然而我却生龙活虎的，这太没天理了。可是我背叛父母，欺骗妻子，抛下一切逃来这里，却怎么会落得这副下场——我忍不住要怨怼，开始不明白到底是为了什么逃到这里来的了。我的妻子固然可怜，死去的女人也一样可怜。要是没认识我这种人，应该也不会是这种死法吧。这么一想，我实在是难过极了——"

泪水夺眶而出。

太可怜了。

"你——真的很好心肠。"

"嗳，我也是有常人的感情。可是——还是很没用。因为没用，所以会害别人不幸。死掉的女人，丢在故乡的老婆，全都因为我而陷入不幸。可是——"

我就是没办法一个人。

我太寂寞了。

"你大可以回去故乡啊。"

"事到如今，我要拿什么脸回去？我甚至在最后的最后骗了我老婆。我对她撒谎，说我会洗心革面，报答她的牺牲奉献。甚至还骗她说我外头的女人因为太穷了，要是跟我分手，一定活不下去，我想给她一大笔钱，让她去远方其他城市做个小生意。我老婆——信了这套话。

"一般人不可能信吧？可是我妻子信了。她就是这种女人。我老婆把自己的衣物、首饰什么的全拿去变卖，还向娘家借了一笔不小数目的钱，全给了我，然后把我从被软禁的房间放出来。我——就这样带着女人跑了。

"很过分，对吧？我做出如此令人发指的事，事到如今已经回不去了。我是个没用的男人。怎么样？你轻蔑我吗？"

男人尽可能卑微地说。

女人——

摇了摇头。

"就跟我丈夫一样。"

"是啊，一样。所以你丈夫也是个没用的男人。世上是有我这种人的。可是你不一样。所以你没必要对那种没用的男人念念不忘，也没必要为那种人悲伤烦恼。我就是他的同类，同类说的话不会错。你没必要为他难过。所以——"

"所以我没办法讨厌他。"女人说。

"没办法讨厌他——？"

"对。如果可以讨厌他，就不会这么难受了。因为这表示可以斩断执着。但我的罪业——让我不管怎么样就是断不了执着。所以——"

"你是说，你也没办法讨厌我？"男人问。"是这个——意思吗？"

"是的。"

"原来如此。我这个人完全不值得称赞。虽然我像这样和你把酒共饮，但我是那种没救的坏男人。女人只要跟我沾上关系，都会不幸。我会撒谎，会跑掉，我是这种男人。所以我没资格成家或娶妻。我这种男人不可以跟别人有更深的

058 - 059
魔镜
壹话

关系。可是——我好寂寞。"

男人说着，触摸女人的手。

好冰。冰冷得完全不下于它的雪白。

无所谓。

自己总是活在当下。

耽于一时的享乐，只知道随波逐流的，人渣般的男人。
所以——

"听着，"

忘掉死去的女人吧。

把妻子也忘了吧。所以——

"我不会要你喜欢我，可是——"

"我到现在还是不明白我究竟爱不爱他。可是我的这份
执着不会消失。不管怎么样就是不会消失。"

"你忘不了死去的丈夫吗？"

"不，我的丈夫没有死。"女人说。

"死掉的，**是我**。"

"什么？"

"我——已经死了。"女人再次说。

"我好难过好难过，好伤心好伤心，所以——"

悲苦至死。

"所以我并不是未亡人。因为我已经死了。"

"呃——可是，你说你跟你丈夫是生死两隔——"

"是啊，没错。死掉的是我，我的丈夫还活着。所以
我没办法去祭墓。毕竟就算去了，我的丈夫也还没躺进
墓里。"

"还没？"

"是啊，因为——"

你还活着，不是吗？

"你——"

"人真的什么都做得到。做不到的，只是自以为做不到罢了。人只要想哭就能哭，想笑就能笑，也可以像这样——飞了过来。"

这女人在说什么？

"我终于明白你的心情了。我完全没想到可以像这样与你深谈，可以跟你说上这么多话，真令人开心。死掉的我，居然能跟活着的你说上话，这太令人喜出望外了。但我们真的说上话了。我觉得比起活着的时候，我们更开诚布公地畅所欲言了。原来你也会称赞我，同情我。我好开心。"

"几——几良，原来是你？"

"可是，我还是改变不了。既然我已经死了，我对你的这份情，就只是丑陋的执着。我已经沦为一团罪业了。我不断地压抑、隐藏的这份嫉妒，如此丑陋地凝聚起来，再也无从隐藏了。"

我是个不忠的女人。

就如同你是个不忠的男人。

"我现在已是无所不能。就连遮天蔽日，停止时间都做得到。所以你逃不掉了。不管你是赔罪、生气、哭叫，都绝对逃不掉。即便了解到你的真心并非那般可憎，毋宁值得怜悯，纵然我们再怎么了解彼此，我的执着也无法改变了。生者与死者无法互通心意。我已经死了，再也无从改变。所以纵然如今再了解你的心情，也无可奈何了。"

男人大叫。

意识远去。

对不起，是我不好。

可是我是个傻子，所以——

"你无比愚蠢，也明白自己的愚蠢，无力承担自己的愚蠢，是个可悲的人。你是温柔的傻子。我更加爱你了。如果我能保护你就好了，但我也不是个聪明人。就是因为不够聪明，才会把你逼上绝路，把自己也逼上绝路，然后——死掉了。

"活着的时候我说不出口。"

女人在男人的耳畔，以打心底里疼惜男人般，化开一般的嗓音开口：

"正太郎，我——好爱你好爱你好爱你好爱你好爱你好爱你好爱你好爱你好爱你好爱你爱死你了，所以——

"去死吧。"

本文灵感源自：上田秋成《雨月物语 吉备津之釜》

魔幕
老庄

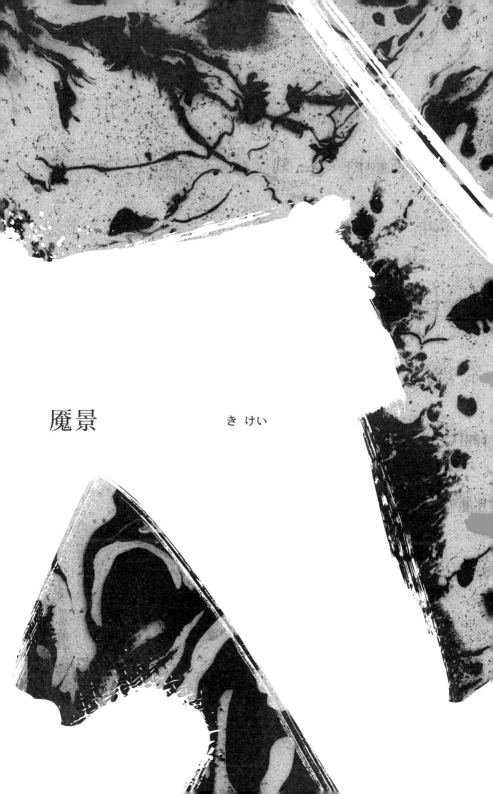

魇景   きけい

面对人行道，不甚宽阔的庭园里，有四棵高低不齐的残株。

庭园没有围墙，没有篱笆，也没有栅栏。只有化为暗渠的下水道盖子与人行道之间形成界线。

与其说是庭园，不如说只是屋子前面的空间。平常的话，应该会拿来当成停车位。不过要拿来停车，深度有些不足，车子可能会凸出人行道。横着停应该可以容纳，但大一点的车，可能会堵住部分玄关。

我想着这些。

不管怎么样，既然长着树，也没办法停车了。所以这应该是前院，却又完全看不出整理过的样子。那么它杂草丛生吗？也没有，但也并非泥土裸露。

整个庭园像是长满了类似苔藓的东西。光线昏暗，看不真切，我也不打算细看，不过整体印象绿绿的。

是暗沉的绿。

我不认得这个景观。

我并非平时就边走边留意路肩，也没有窥探、检查别人家的嗜好，所以并非正确地记得每一处，不过我没有看过这景象。

我觉得没有看过。

屋子也没印象。

倒不如说，这是随处可见的普通房屋，没什么特别之处。所以与其说是没印象，不如说只是看过但没留下印象。可是——

总觉得好阴暗。

现在是傍晚，天色昏暗是当然的，但不知为何，它显得格外阴郁。那污黑的墙壁与暗淡的屋顶，客套也称不上美观，不过我觉得每户人家都半斤八两。事实上，邻家的墙壁就泛黑得更严重，看起来却没有这么阴暗。

这不是新屋。

屋龄起码比我还大。不，搞不好只比我大，这应该有我妈的年纪了，还是更老？那表示屋龄不卜五十年吗？屋顶上疑似生锈的污渍，还有木材腐朽的程度，感觉差不多有这么久。门的样式也很过时，不是最近的款式。

那是一道偏黑色的木门，应该不是市售品，而是特别设计的定制款，不过看起来一点都不高级，但也不廉价，而是品位过时。门把感觉也不是现在的规格。

我走到了正面。

窗户很小，一点都不像面对马路的窗户。看起来顶多就像后门的采光窗，就连厕所气窗应该都比它还要大。上面嵌着花纹奇特的雾面玻璃，而且还有铝格栅。虽然不是嵌死的，但小成这样，顶多只能用来换气。也就是说，没办法从建筑物里面看到这座前院。这座庭园，是作为从人行道到玄关之间短短几步路的通道吗？

说是通道，也没有铺石板。地面就和庭园一样，是阴沉的绿，再过去直接就是玄关了。不知道为什么，感觉也没有踩踏的痕迹。

不知道是泥土还是青苔，但看上去很柔软，下雨天一定会变得一片泥泞，很难走吧。或者只是看起来这样而已？也许吧。

因为太暗了，看不清楚。

而且我也并不想细看。没兴趣了解。

我只是在回家的路上刚好经过而已。熟悉的景色中突然冒出不认得的东西，觉得奇怪，所以好奇起来罢了，并没有多大的兴趣。

不过真的没印象。

这——太奇怪了。

不是这户人家古怪，而是没印象这一点很怪。

屋龄五十年的老房子不可能突然冒出来。就算是新房子，也不可能凭空出现。这是我每天必经之路，而建筑物不是半天就能完成的。要先整地，打地基，搭鹰架，花费好几天工夫，逐渐成形，所以如果是新屋的话，反而更引人注意才对。

这户人家不是最近才盖好的，而是本来就在这里的。

一直在这里。

所以才奇怪。

我几乎每天经过这里。上小学前搬来这里之后，我已经在这条路上往返超过二十年了。不管是上学还是去车站都走这条路，即使没有明确地认识到，也不应该毫无印象。

事实上，马路另一侧，道路的前方，景象都一如既往。

这是一条宽阔平缓的上坡路，没有弯曲，因此可以一眼望至坡顶。这是每一个细节都已熟悉——不，看腻了的情景。然而却只有这户人家，我毫无印象。

我经过这户人家。

邻家黑色的铁栅栏我记得。

矮木上零星绽放的白花也记得。

也不是记得，这是理所当然的景色。没有特别奇异的东西。刚才的人家和这户人家，我关注的程度是一样的，却只记得这一户，这也太说不过去了。

再过去是一家小面包店。

这个时间已经打烊了，而且这家店的面包不怎么样，所以我从来不去买，不过应该已经在这里开了有十年了。

开面包店之前，记得是丸子铺之类的。

小时候我常在这里买砂糖酱油丸子。这是一个老婆婆独自经营的小店，后来听说因为老婆婆过世，所以店也收起来了。

记得丸子铺收掉的时候，我觉得有点寂寞。

后来过了三个月左右，就开了面包店。面包不怎么好吃，但这家店却不知为何没有倒闭，一直卖着同样的面包。

这家面包店同样开了十年左右。

那么比起面包店，刚才的屋子还要更老。

会有这么荒唐的事吗？

本来就有那栋屋子吗？

我在坡顶回头。

在路中央停步回头很不自然，我为了尽可能装出自然的样子，一直忍到走到坡顶上的斑马线后才回头。

刚好红绿灯转红，所以可以装成等红绿灯的样子。本来我都会走到下一个斑马线再过马路，但是再过去就变成下坡了，从那里看不到那户人家。再说，在哪里过马路都没差，所以在这里等红绿灯，既不是多此一举，也不是在骗人。

平缓的下坡笔直延伸到站前的大马路，视野非常宽阔。这也是我每天早上都会看到的景色。

有点距离。

已经看不清楚了。

面包店隔壁的隔壁。

一片昏暗。

可以稍微看到疑似残株的物体。

整体来说，是几乎看腻的景色，然而却只有那里就像插进了别的景色，显得新奇。

那种老旧的东西居然新奇，一定是哪里搞错了。

灯变绿了。

我穿过斑马线。

我几乎不会在这里过马路，因此眼前的景色颇为新鲜。尽管新鲜，但并非没有印象。只是角度不同，依然是平素看见的光景。不管是过马路后的人家砖墙、旁边的町内公告栏、隔壁没什么生意的耳鼻喉科诊所，都是我每日所见。

只是改为隔了一条马路，从对面的人行道看过去而已。

并非毫无印象。

理所当然。

过完马路前，我再次回头。面包店隔壁再隔壁已经变得一片漆黑，仿佛喷上了墨汁，什么都看不见了。

只有那户人家前面，连路灯都没有。

整条马路都暗下来了。

因为已经入夜了。

仰头一看，连月亮都出来了。

不到满月，也不是半月，十分半吊子。

平常我不会在回家的路上看什么月亮。月亮应该一直都在，但我不会去看，所以觉得它也很新奇。

月亮早在我出生前的遥远过去，就日复一日地升上夜空，因此会觉得新奇，完全是我个人的感受问题。那户人家，简言之，也是这么回事吧。

虽然难以释然，但我还是接受了。

回家一看，姐姐来了。

大我四岁的姐姐两年前结婚，搬出家里。

不过她结婚的对象是中学同学，夫家距离娘家走路只要十分钟，所以她三不五时就会回家看看。今晚姐夫似乎出差不在，她是回家来吃白饭的。

我们和母亲三个人一起用晚饭，用餐期间，我完全忘了回家途中那细微的怪异感觉，所以我们是有些不庄重地聊着某地发生的女童绑架案，但晚饭后看着无聊的综艺节目时，我冷不防想了起来。母亲在厨房洗碗盘，姐姐在看电视。

艺人搞笑节目一点都不好玩，我跟姐姐都冷眼看着荧幕。

"面包店隔壁的隔壁啊——"

"嗄？"

我觉得这再怎么说都太突兀了，不出所料，姐姐露出一副质疑我发神经的表情。

"那家很难吃的面包店啊——"

"你说本来的足达屋？"

"嗄？就那家丸子铺后来开的面包店。"

"所以说，足达屋就是麻糬店啊。"姐姐说。"那里也卖烤丸子，不过是麻糬店。"

"随便什么啦，我说的是隔壁的隔壁。"

"你说那家很像无照营业的托儿所对吧？贴着大象图画的？"

"不是那边啦，是另一边，靠车站那边。"

"嘎？"姐姐的视线在空中游移，接着说，"那不是中川家吗？"

"中川是谁啊？"

"我同学，你大概不认识吧。就那户有黑色铁栅栏的人家。"

"开白花的那家？那是面包店隔壁吧？我说的是再隔壁啦。"

"——那里怎样了吗？"

"没有啊，什么啊？"

"什么跟什么，我才想问你什么咧。"姐姐嘲弄地说。

"不是啦，我是说那里是什么人家？"

"咦？你说中川家隔壁吗？就普通人家啊。"

"你记得？"

"嗯……"姐姐把头往右歪，用食指搔了搔太阳穴。"也不是认识的人家啊。怎样，你连你朋友家隔壁住的是谁都知道？连这都要知道？天啊。"

"欸？"我瞪姐姐。"我又不是问谁住在那里，我管谁住在那里，我是在问，那里是怎样一户人家。也不是人家啦，我问的是房子，是在讲房子的事好吗？"

"就普通的房子啊。"姐姐说,反瞪回来。"中川是个阴险的丑八怪,我当然没去过他家,只是经过前面而已,所以也记不清楚那里长什么样,不过不是商店,只是一般人家吧?"

"有砍掉的树吗?"

"什么?"

姐姐的表情像在说"这人在胡言乱语些什么"。不过我也不是多重视这件事,问得很随便,姐姐会有这种反应也是难怪。

"总觉得对那里完全没印象呢。"我说。

"没印象?"

"经过的时候我很纳闷,本来有那样一户人家吗?"

"你说什么砍掉的树?"

"那里有四棵砍掉的树剩下的残株。那条路上本来有那种东西吗?"

"没有。"姐姐秒答。

"可是有啊,今天。也不是今天,刚才。"

"没有。你说足达屋隔壁对吧?那条大马路我也常经过,面向马路的地方要是有什么残株,我一定会坐上去看看。"

"所以我才问你啊。"

又绕回原点了。

"我也不记得有看过。不管是那残株——还是那老房子都是。"

"很老吗?"

"很老——我觉得。那是昭和年代的房子。《三丁目的夕阳》①风格的。"

"有那么老吗？那怎么可能没发现？"

"妈！妈！"姐姐上半身往后转，呼叫母亲。

"欸，足达屋的隔壁——"

说到这里，姐姐忽然直起身子看我。

"干吗？"

"欸，你说有残株，表示本来有树吧？"

"没有树哪儿来的残株？"

"那不就是有树吗？"

"本来应该有吧。"

"我是说，会不会本来有树，所以看不到房子？"

"这——是这样？可是那院子很小。也不算院子，就屋子前面一块空地。又不是森林，比我们家前面还要窄。"

"那不就更看不到了吗？"姐姐说。"那么窄的地方——你说有几棵树？"

"四棵残株。"

"那不是很挤吗？一定是被树挡住了吧。或者说，应该就是为了遮挡屋子才种的吧。用来当围墙还是围篱，要不然才不会种那么多树。"

"对哦——可是已经砍掉了呢。"

"所以才会看到没看过的房子啊。"

---

① 《三丁目的夕阳》（三丁目の夕日）为西岸良平的漫画作品，于一九七四年开始连载，曾改编为动画及真人电影。

"咦？"

"那，树是这一两天才砍的吗？"我提出疑问，姐姐说她才不晓得那么多。

这时母亲从厨房过来了。

"怎样？你们说足达屋怎么了？"

"没什么啦，妹妹好像有点发神经。那边收起来已经几年了？"

"是你高中毕业不久前的春天，所以是红叶快升国三的时候。是你们爸爸病倒那一年。"

我国二的话——果然是十一二年前的事。

"是因为那边的老婆婆死掉了，对吧？"我问，结果母亲露出诧异的表情，接着做出古怪的回答："嗯，是死掉没错啦。"

"怎么好像话中有话？"

"你不记得了吗？怎么会？你那时候已经不是小孩子了吧？"

"什么叫不记得？"

母亲和姐姐面面相觑。我忘掉什么重大的事情了吗？不，就算真的出过什么事，如果是跟那家丸子铺还是麻糬店有关的事，对我们一家来说，就不能算是什么大事。因为我们只是客人。

姐姐眯起眼睛：

"欸——那边的老婆婆死掉了。也不是死掉——"

"姐在说什么啊？"

"咦，你是真的忘记啰？"姐姐耸肩。"你还记得那个老婆婆吧？"

"呃——"

嗯，记得是记得，但长相已经模糊了。印象中老婆婆都穿和服，这一点不会错。我试着回想，但脑中浮现的是典型的昭和老妇人形象：穿碎白花纹的朴素和服，肩上还是衣襟处搭条手巾，白发绾在后脑勺。我当场甩开这个画面。这根本是老漫画里的人物。

不过，应该是有玻璃拉门，上面贴了几张海报告示，打开门后，有个占去店面三分之二左右的展示柜，里面陈列着麻糬和丸子等，后面类似柜台，老婆婆就一直坐在那里，记得是这样。

上下学的时候，只要转头一看，总是可以看到老婆婆在那里。

"我记得啊。"我回答。"都坐在那里嘛。"

"坐在那里——就那样死掉了啊。"姐姐说。

"就那样死掉？"

"对啊，来买麻糬的客人跟她说话，她也不答，客人觉得奇怪，仔细一看，才发现人坐在那里早就死了。那个时候不是闹得很大吗？警察也来了。听说人都死了四天，表示那具尸体在柜台坐了四天呢。坐在那里顾店。"

"什么？你说死人在卖麻糬吗？这根本是鬼故事吧？"

"你笨蛋啊？谁在跟你说鬼故事。当然，就算跟她说话，她也不会回话，因为人已经死了嘛。可是客人也没想到会是死了，大家都只觉得奇怪，放弃没买，就这样离开了，整整四天呢！到了第四天，麻糬什么都已经干掉了，所以才会发现。"

"可是那里——行人不是很多吗？从马路就可以看到店里面，怎么会没有人发现？"

"这人没救了。"姐姐露出更加目瞪口呆的样子说。"那条路不是附近中小学的上下学路线吗？我念的高中和你读的国中，有超过一半的学生都走那条路，所以当时闹翻天了啊。整整四天，大家都经过尸体旁边上下学呢。还有些白痴说什么尸体跟他们打招呼、挥手，这已经不是鬼故事了，根本是胡说八道，大概吵了三个月吧。你也有说啊，你每天都跑来拉着我，兴冲冲地转述那些胡说八道，像什么有同学跟尸体买了大福麻糬吃，结果生病，还有什么有人把买回家的麻糬丢掉，结果老婆婆半夜出来作祟。"

完全——

不记得。

不——也不算完全不记得。

被这么一说，感觉似乎有这么一回事，虽然觉得很新奇，但似乎也不是初次耳闻，依稀有似曾相识之感，所以简言之，这是被我认定为不重要而抛到一旁的记忆之一——虽然如此认定和抛弃的都是我自己。

"过了三个月，这次开始吵着说闹鬼了。说什么足达屋的老婆婆会出来顾店、打扫店面。不过这传闻很快就停了。因为后来就开了茂田面包店。"

"茂田先生也真敢在那里开店呢。"母亲接话。"一开始根本没有客人上门。那要是拆掉重建也就罢了，可是只是把里面稍微整理一下，外观什么的根本没动过。"

"岂止是这样，"姐姐接口。"根本就只是换块招牌而已，一开始连展示柜都继续拿来用呢。原本的装潢设备几乎都保留下来了。一直到开店第五年左右的时候，才重新装潢得像面包店。那是我还赖在家里游手好闲的时候。所以开了面包店以后，每到夏天，就会有人说老婆婆的鬼魂出来了。"

"对。"这件事我有印象。"我高中那时候，大家都说老婆婆会出现在面包店，所以那家面包店的面包才会那么难吃。"

"跟那没有关系吧？"姐姐笑道。"闹鬼就会变难吃吗？"

"听说味道会变。"

"这什么蠢话，不愧是我的母校，够脑残！"姐姐捧腹大笑道。母亲泡着茶，说"重点是儿子啦，儿子"。不晓得是在说谁的儿子。

"足达老婆婆的儿子，他们住在一起呢。你们不知道吗？"

"这个我也不知道。那个老婆婆不是独居喔？"姐姐问。

"才不是。麻糬什么的，都是她儿子在做的。可是老婆婆过世那天，他人不见了，也联络不上，有段时期警察怀疑是他下的手呢。可是他那时候好像是刚好出国旅行干吗的，连自己的母亲过世都不知道，过了十天左右才回来，记得他不是被逮捕过一次吗？"

"什么？死因有什么可疑之处吗？"

"不，只是单纯死掉而已。可是呢，不是有那个吗？尸体遗弃啊，还是监护人义务什么的，我是不太清楚啦。然后啊，那个儿子人很冷淡，都快六十岁了，却没有结婚，也不跟人打交道，就像现在说的茧居族。"

"茧居族才不会出国旅行咧。"

"我哪知道啦？都不跟人打招呼的。那个人后来也不晓得怎么了。"

"嗯，那里的盐大福麻糬还是蛮好吃的。"

母亲和姐姐的话题转移到我一直以为是丸子铺的麻糬店，完全没有要回到正题的迹象。我跟不上对话，耿耿于怀地洗了澡，后来难得喝了啤酒什么的，就这样整个人懒散了。

姐姐好像要在家里过夜。

我比平常更自甘堕落了一些，因此隔天早上整个睡过头，目不斜视地一路冲去车站，完全忘了丸子铺和残株的事，直到回家途中，而且是下了电车，快走到那个地方的时候，才又想起了这些杂七杂八的事。

呃，是怎样去了？

嗯，姐姐说得完全没错。

那户老旧的人家一直被种来遮掩的树木挡住，所以从路肩看不到。而现在树木被砍掉了，所以建筑物露出来了。既然如此，不认得那景观也是当然的。树木一直都在那里，那户人家本身很老旧，所以树木应该也很古老，那么从我搬到这个小镇以来，看到的都是有树的景观。

如果树是最近才砍掉的，那么老屋也是第一次看到的景观。

合情合理，完全说得通，天经地义，没有什么值得怀疑之处——我觉得。

只是，问题是那个地方本来有那么茂密的树吗？

我觉得记忆中也没有树木丛生的景观。或者说，真的毫无这种印象。

行道树是有的。也有许多人家屋前种着植物。不过那户丸子铺——不，麻糬店隔壁，有足以遮蔽那样一栋建筑物的树木吗？而且还是四棵。

没印象。

可是——

我已经对自己的记忆力失去了自信。

认识的老婆婆坐在店面就这样停止呼吸，而且长达四天就这样被人弃之不顾，就算是现在听到，也十足耸动，实在不可能忘记，然而我却忘得一干二净。

现在我能够了解母亲和姐姐目瞪口呆的心情了。

这种事怎么可能忘记呢？

作为点缀身边日常的趣闻，这实在太过了。嗯，有人过世，却拿来当成趣闻谈论，是很不庄重，但这是极为罕见的事，震撼力十足。

再怎么说，我也非常有可能看到了尸体——虽然是在不知道那是尸体的情况下。

这已经不单单是镇上的传闻或都市传说之类的，也是我自己的亲身体验。

然而——

我却忘得一干二净。

所以，被树木覆盖的老屋景观，或许也和那老婆婆的记忆一样，被我认定为不重要，丢到一边去了。

或许是这样，我想。

不过无论如何，这都不重要。根本不必想，一点都不重要。

不管我有没有印象，存在的东西就是存在，不存在的东西就是不存在。我以外的世界不管我怎么想，就是存在。我不知道的东西对我来说形同不存在，但世界上还有许多我不知道的东西——不，我不知道的东西应该比较多——不，几乎都是我不知道的东西。

我望向路肩的人家。

是我熟悉的人家。虽然看惯了，但我不知道内部的格局，也不知道里头住了些什么人、住了几个人。

我不知道这栋屋子里的人怀着什么样的心思在过日子。所以对我来说，这户人家只不过是通勤路上的风景。墙壁另一头形同空无。但是，墙壁另一头千真万确有着我全然不了解的世界。

对于生活在屋子里的人来说，我只不过是每天经过窗外的风景。

因为他们对我一无所知。

换句话说，我们对彼此来说都无关紧要。不管我是悲伤还是欢喜，都与这户人家的人毫无关系。同样地，这户人家的人是生气还是欢笑，都与我没有瓜葛。更别说对屋子的外观有没有印象，真的是鸡毛蒜皮的小事。

——柴原。

我看向门牌。应该是第一次看。二十年之间，我在这里往返了无数次，却是第一次看它的门牌。

隔壁是——

——山野。

我觉得新奇。

但也不是说就怎么样。

不过我毫无意义地一户户边看门牌边前进。有点像变态，或者说完全就是个可疑人物。

高杉——来到这户人家前，我停下脚步。

很普通的砖墙。门柱上有信箱。上面是一块质感像大理石、有点不相称的门牌。

这个景观我记得非常清楚。高杉这个姓氏虽然印象模糊了，但我小学的时候，曾经穿过这道大门，去到玄关。

我在这里——

跌倒了。这户人家的人——高杉太太看见我在哭，走了出来，用碘酒之类的东西替我给膝盖上的伤口消毒。我这么记得。现在已经完全绝迹的碘酒红锈般的色泽，还有那铁般的气味，以及在膝头上涂抹得斑驳的花样，似乎都可以历历在目地回想起来。我连当时穿的洋装花纹都想起来了。

这种事根本没必要想起来啊。

没错，这也是无关紧要的小事。或者说，根本太鸡毛蒜皮了。左膝的伤也很快就痊愈了。那甚至不是什么皮肉伤，只是小擦伤。以人生当中的插曲而言，冲击性趋近于零。然而——我却记得。明明是无所谓到了极点的事，我却没把它当成无所谓的事吗？我的记忆基准到底在哪里？

然后——

高杉家的隔壁。

残株——

就在那里。

四棵。

光线比昨天明亮了些，所以看得很清楚。

每一棵残株的断面感觉确实颇新。

砍下来之后应该还没有经过多少天——我觉得。当然，我没办法断定。我看过树木残株的次数寥寥可数，只是外行人这么感觉而已。

地面是泥土，没有苔藓之类的东西，不过看上去总觉得绿绿的。

建筑物与残株之间掉了一样东西。很脏。那是什么？

结果我在残株前停下了脚步。

那是——

一个没有头的洋娃娃。芭比娃娃、莉卡娃娃那类的。因为没有头，也没穿衣服，我看不出是哪一种。感觉已经十几年或是更久，一直在那里任凭日晒雨淋。

我——

寻找门牌。

这户人家没有围墙也没有大门。

这种情况，门牌应该会挂在玄关吧。

但玄关没有任何标志，也没看见信箱。

这表示——

这是一栋空屋吗？原来如此，住户因为某些理由搬走了，或离开了。不，也许屋子转手卖人了。所以树才会砍掉。换言之，这栋屋子现在没有人住，很快就要被拆除了吗？那样的话——

这样比较好，不知为何我这么想。拆除旧屋盖新屋的话，之前的景观就会彻底从记忆中消失吧。那么我不记得它的事，也会一并消失无踪。

那样就可以放心了。

可以当作从来没有这回事。

我别开脸，准备跨步继续走时，小窗"吱"的一声打开了。

我吃了一惊。

不应该看的。不，绝对不可以看的。我先是望向隔壁中川家的黑色铁栅栏，接着不知为何，视线飘回了小窗。

整个小窗。

塞满了表情阴森的老人脸庞。

凹陷的眼窝深处，两颗空洞的眼珠子不知道在看着哪里，但有短短的一瞬间好像对望了——我觉得。

那张脸似有印象，又像陌生。

也看不出是男是女，只知道是老人。

老人家。

我用力把头扳回前方，经过据说是姐姐的丑八怪同学中川家前面，经过因为有老太婆的鬼魂出没所以面包变难吃的面包店前面，经过疑似无照营业的托儿所的大象图画前面，来到这里的时候已经变成用跑的，几乎是闯红灯地冲过马路，跑回家里。

那种地方。

居然有那种人。

姐姐还在家里。

姐姐一看到我就问："怎么了？跌倒了？"

"才没有。"

在高杉家前面跌倒，是小学的事。

"对了姐，面包店那里，我觉得本来还是没有树。"

"不要再讲这件事了。"

"怎么了？"

姐姐的表情沉了下来，瞪住了我：

"听着，红叶，足达屋隔壁的隔壁本来有没有树，跟我们无关，我们也没必要知道吧？既然这样，就没什么好追究的了吧？"

是没什么好追究的。

可是还是要追究。因为——

我都已经发现了。

姐姐的表情变得更加凝重。

"你听好，万一自己认知的现实，跟自己所处的这个世界不一样——会怎么样？"

"会怎么样——"

什么东西会怎么样？

姐姐瞪我：

"答案不是只有两个吗？不是自己错了，要不然就是世界错了。对吧？"

084 - 085
魔眼
さけみ

"是啊。"

不过一般不是会当作自己记错就算了吗？

哪可能会觉得是世界错了？

"因为一定是这其中之一吧？"姐姐说。"就只有这二选一。我哪一个都不想选。因为你想想，自己的记忆、人生的回忆都是假的，这你能忍受吗？我可没办法。同样地，就算是自己活着的这个世界是假的，我也无法承受。那样一来，还有什么是可以相信的？若是那样，连呼吸都没办法了。"

姐姐说着，站了起来。

"就算变成那样，你也无所谓吗？"

姐姐拿起搁在茶具柜上的一张纸片，歇斯底里地丢到桌上。纸片滑行了一小段距离，在我的面前停了下来。

是一张褪色的彩色照。

"这是——"

"你不记得吗？这是爸过世一年前拍的照片。是爸最后拍的照片。"

"爸拍的照片？"

"那天没有社团活动，我提早回家，结果在路上碰到你，刚好休假的爸也在马路另一头。爸的嗜好是摄影，那时候正带着相机在拍街景。爸很高兴，说这真是太巧了，所以帮我们拍了照片。"

确实，我和姐姐一起站在画面正中央。我穿着国中指定的运动服，姐姐穿着制服。

不过，这与其说是拍摄我们两姐妹的照片，不如说是更接近街景照。

我们两个占的比例极小，主要的摄影对象还是风景。

我们似乎站在中川家前面。背后有黑色的铁栅栏。

左边的玻璃门是面包店——不，麻糬店。屋檐上挂的招牌写着"足达屋"，玻璃门内有展示柜，里面也拍到疑似老婆婆的人影。因为很暗，没办法辨识脸孔，但既然人影在那里，应该就是那个老婆婆没错。

而我们的右侧。

右侧。

"这——这砖墙——"

错不了，**这是高杉家**。

中川家的隔壁就是高杉家。

"姐，这——"

然而姐姐尽管察觉了我的惊慌，却说了牛头不对马嘴的话：

"就在拍了这张照片隔天，大家发现老婆婆死了。"

"咦？"

"换句话说，这张照片里的老婆婆——"

"**已经是尸体了**。"姐姐说。

"紧接着爸就因为脑梗塞病倒了，所以照片一直没有拿去洗，是爸过世之后洗出来的。不过照片上没有日期，所以好一段时间都没有发现，是贴到相簿上整理的时候，才发现摄影日的。我们都吓傻了。一定会吓到的嘛。妈觉得很恐怖，结果连底片一起丢掉了，可是这是爸最后拍的照片，我不忍心把它就这样丢了，偷偷捡回来收起来。我把它夹在日记本里面。我——也想起来了。"

"都是你害的啦!"姐姐愤愤地说。

"可是算了,跟我无关。因为我不知道现在那里是什么样子。对我来说,那里就是照片上这个样子。拍到尸体的照片上的情景,就是我所知道的那里。"

"可是——"

"这件事就到此为止。这张照片给你。"

姐姐不悦地说完,进去里面的房间了。

我再一次看照片。

黑色的铁栅栏是中川家,与我跌倒的高杉家的砖墙紧密相连,没有任何空隙。没错,这景色的话,我就记得。可是刚才,就在刚才,我仔仔细细地观察过的那户有残株的人家呢?没有头的洋娃娃呢?那古老的、阴森的、没有门牌的建筑物——

我移动视线,注视老婆婆的尸体。光线很暗,又隔着玻璃门,而且是室内,焦点也不是对着那里,所以甚至无法分辨坐在里面的人是男是女。

也看不出有没有看过这个人。但不知为何,我似乎就是知道这是个老人。

是老人家。

我更进一步注视。

凹陷的眼窝深处,那两颗空洞的眼珠子在看着哪里?这个影中人这个时候真的已经死了的话,这个**老人家**——不,看起来像**老人家**的尸体,应该并没有在看什么。

这不是老婆婆。是尸体。是死尸。

我和照片中死人的眼睛——

对望了。

右耳耳畔蓦地响起声音：

"看不到的东西，不要去看。"

是低沉沙哑的嗓音。

我吓了一跳，回头，结果这次声音在左耳边响起：

"会死。"

我觉得有呼吸吹在耳朵上，但我不理会，闭上了眼睛，
做出和姐姐一样的选择。

没有残株。

没有。

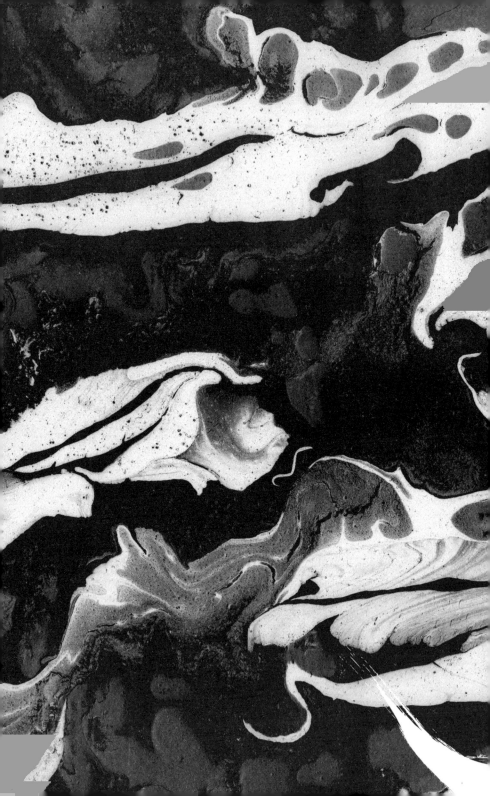

魘栖

き せい

凸窗外射进来的午后阳光穿透针织蕾丝窗帘，被拆解得细碎，化成柔和的光点倾洒在房间里。比起射入，感觉更像是倾洒。光点恰到好处地模糊了房间里一切的轮廓，但明暗依旧清晰，就宛如点描画一般。

窗边坐着一个陶瓷人偶。

正确地说，应该是放着，但还是让人想要形容为坐着。虽然看起来并非栩栩如生，但也绝不像单纯的饰品。那润泽的皮肤质感，一点都不像**陶瓷器**。很古老了。据说制作年代是遥远的古时，一问之下，才知道是一两百年前的古物，因此是不折不扣的古董。比起这个家和它的主人，更要古老多了。

是古董人偶。

人偶身上的衣物已相当老旧，感觉一摸就会碎裂，但唯有人偶的皮肤质感不会变。它从我出生的时候就已经摆在这里了，因此起码超过二十五年，它都一直是这个姿势，坐在这个位置。

如此漫长的光阴里，就只穿着那身衣物。不过人偶不会流汗，不会出油，也不会活动，因此衣物应该也不会受损。但衣服的素材只是普通的布料，普通的布料可以维持那么长久的岁月吗？或者如果随便触摸，衣服可能会碎裂，所以才一直摆在这里？

总之，就我记忆所及，这个人偶从来没有被移动过的样子。

虽然没有动过，却也没有蒙尘的迹象，也没有被晒得褪色。或许本来就是这样的吧。

明明这里西晒这么严重。

我想着这些，姑姑打开背后的门进来了。有红茶香。姑姑喜欢红茶。

"你在看外面，还是看人偶？"姑姑问。

"只是面对这个方向而已，没在看什么。"

"这样啊。"

姑姑说："来，红茶。"我应道："闻香味就知道了。"

"咦，你也懂红茶啦？"

"我只知道是红茶，不知道种类。"

"这样吗？今天是祁门。不觉得闻起来甜甜的吗？"

"会吗？感觉很好喝，不过我不晓得跟上次的红茶有什么不同。就算喝了，或许也分不出来。味觉跟嗅觉都很笼统。不，更重要的是，我是日本人。这要是英国人，就分得出来吗？"

姑姑咯咯笑了。

她的外形和声音，都与这个房间完全契合。

"你也长大了呢。不久前还这么小一个。"

"这是哪门子反应？长大跟尝不出味道又没有关系。"

"只是感慨你也会跟我抬杠了。"

"我的味觉是日本人的味觉。如果是绿茶或是番茶①就分得出来。日本不产红茶吧？"

---

① 番茶是使用老茶叶或硬化的新芽制成的煎茶（一种绿茶）。质量较低劣，一般作为家庭日常饮用。

"咦，当然产啦。"姑姑说，把杯子放到我前面。

确实有股甜香。

"红茶和绿茶，差别只在于发酵的程度。也有日本国产的红茶，很好喝哦。"

"或许吧。"

"再说，英国人文化上热爱红茶，所以喝很多红茶，但红茶的产地是印度和斯里兰卡啊。这红茶也是中国产的。"

"我完全不知道。我太无知了。真是白长了。"

"就是啊。"姑姑说道，看向我。

有点害羞。

虽说被亲戚而且是被一名老妇人注视，也没什么好害羞的，但我就是无法招架。其实不论岁数，我从来没有去辨别过姑姑的性别。不管是服装还是生活样式等，姑姑都是个彻底中性的人。

姑姑是人，但非男非女。

就是这样一个人。

"不过，人生里没有白费。若要说白费，那全都是白费了。"

姑姑说着，又笑了。

姑姑是父亲的双胞胎姐姐。

但应该不是。从小我就这么听说，当然从来不曾怀疑过，但我觉得不是。父亲和姑姑长得一点都不像，不过即使是双胞胎，像异卵双胞胎就长得不怎么像，问题是户籍。

是父亲过世时发现的。

父亲似乎是独子。

祖父母老早便已离世，父亲那边也没有其他的亲戚。母亲应该知道，但母亲也在我儿时便已过世，因此无从确定。

事到如今，也无法向姑姑本人求证。

不，也不是不能求证，但不想知道的心情已经凌驾想知道的念头了。

姑姑一直是姑姑，就算现在才说不是，我也不晓得该怎么去面对才好。

假如姑姑不是姑姑——

那她又是谁？

不论她的真实身份为何，姑姑从以前就一直是姑姑，现在也是我的姑姑。

不过总而言之，姑姑已经不年轻了。她应该是父亲的双胞胎姐姐这样的年纪，因此可以确定她并不年轻。

父亲在十五年前过世，如果还在世，早就超过六十了。过世的人年纪就停留在过世的时候，但活人会继续年老。父亲在我刚满十岁的时候死去，那个时候他应该已经超过五十岁了。我是父亲的老来子。

父亲享年五十，如果还活着，就是六十五岁。

但是，姑姑看起来实在不像这个年纪。看上去也像是才四十多而已，有时感觉还更年轻。

偶尔甚至会觉得她像个少女。

我也曾在无意识之中把姑姑当成少女，又急忙甩开这个念头。

这个人是老妇人了。是她那有些天真无邪的口吻和举止，让人如此感觉吧。姑姑的长相和体形似乎也没有改变多少。头发也是，虽然或许是染的，但十分漆黑。服装也都是同一套。

当然，她不是窗边的人偶，所以不可能一直穿着同样的衣物。

但记忆中的姑姑，穿的衣服几乎都差不多。黑色线衫配灰裤。没有季节感。应该是夏天穿薄的，冬天穿厚的。

我从未细想过，但如果不是这样，就解释不通了。

也不记得见过她穿短袖。姑姑总是穿长袖。

我也没看过姑姑年轻时的照片，不过如果她从女孩的时候就是这副作风，一定是个相当男孩子气的女孩。

姑姑一直住在这栋屋子里。

这栋半吊子宽阔、半吊子古老、半吊子豪华的洋楼，是父亲出生的家。

据说是大正八年（一九一九）落成的。

如果它再大一些、再老一些、再豪华一些，应该会是一栋颇受赞誉的洋风建筑，但并非如此。就只是一栋老房子。

姑姑一直一个人住在这里。

父亲常提到他是和母亲结婚的时候搬出了这里。祖父母似乎在那之前就已经过世，因此这样的话，姑姑已经一个人在这里住了四十年以上。开始独居的时候，姑姑才二十五岁左右而已。

和现在的我同样年纪。

我也无法想象二十多岁的姑姑。

我出生的时候，姑姑就已经四十岁了。

应该是。

我记忆中的姑姑，从一开始就差不多是这个年纪，后来就这样没有变过。现在看起来也像是这个年纪。

　　"你要闻到什么时候？"姑姑说。"茶都要凉了。"

　　"哦，没有啦，真的好甜。"

　　"一点都不甜啊。"

　　"很甜啊。姑姑刚才不是说甜吗？"

　　"我是说香味。甜的是香味。"

　　"是啦——"

　　我看着通透的红色液体。

　　"当然也有甜味，不过那与香味唤起的甜味完全不同。除非加砂糖，否则就是红茶的味道。茶就是茶啊。"

　　"姑姑是在逗我吗？"

　　"才不是呢。"姑姑明朗地说，喝了口茶。"真好喝。你知道吗？甜甜的香味，我觉得是预感。"

　　"预感？我不懂。"

　　"因为不就是吗？像苹果茶有苹果的香味对吧？所以让人预感到苹果的甜味。但苹果茶并不是苹果汁，所以并不怎么甜。茶就是茶嘛。"

　　"市面上卖的苹果茶倒是很甜，那是调味出来的呢。可是——苹果汁虽然很甜，但仔细想想，没什么香味。"

　　"而且是冰的。"姑姑说。"苹果茶的香，会让人想象苹果的味道。"

　　"味觉不是综合性的吗？包括外观在内。"

　　"就像你说的，"姑姑说，"味道和香味很难形容。比方说玫瑰香、麝香、柑橘系的香，根本就是那些东西本身，完全没有做出任何说明。就算问那是什么样的味道，也答不出来。"

"嗯，确实。"

"就算说甜甜的香、酸酸的香，那也是味道吧？而就连那些味道，说穿了也都是甜或辣或苦。"

"像是苦涩的味道。"

"苦涩说穿了也就是有点苦，对吧？"

"是吗？"

从来没有想过。

"说到底，就是组合而已。生理学上好像就只有五种味道：酸、甜、苦、咸，还有鲜味。鲜味无法形容是什么味道，可是它确实存在。所以像是涩味、苦涩，其实都是组合。无论任何味道，都是这五种味道的组合，可以表现其中微妙差异的词汇并不多。"

"那辛呢？"

"只要刺激，什么都叫作辛吧？像激辛，其实那并不是味道。"

"这么说倒也是。"

"像中文，盐辛味叫'咸'，辛是'辣'，让舌头麻痹的叫作'麻'。咸加上一点麻，就变成辣。咖喱虽然辛辣，但其实基本的味道是酸。咖喱的味道不是咸味对吧？酸加上麻，是咖喱的基本，然后再加上其他味道。追根究底都是组合。"

"可以形容各种组合的词汇并不多。"姑姑说。

"教人伤脑筋。"

姑姑从事翻译工作。

听到翻译家，一般会想到英文或法文这类主要是欧美语系的翻译，要不然就是俄文，但姑姑是中文译者。她已经做了几十年了，似乎翻译了几本书，但其实我都没有读过。我甚至不知道她都翻译些什么。

"像颜色，词汇就非常丰富。日语也有很多颜色的名称对吧？因为太多了，好像很多人光听名字，也不知道是在说什么颜色。虽然颜色也跟气味一样，是从基本衍生而出的，不过命名得非常精细，像是胭脂、韩红花、深绯这些，而且平安时代的服装，甚至还有色彩搭配的名称。比方说外层是紫色，内层是红色，就叫脂烛色。"

姑姑聊起这些话题时，总是显得特别开心。

眼神会变得很年轻。

"我一直以为浅葱色是偏红的颜色。说来丢脸，不是小时候，而是直到最近都这么误会。知道汉字怎么写之后，觉得好像不太对，重新想想，觉得那指的应该是黄绿色，不过其实也不是呢。"

"浅葱色不是绿色，反而是偏淡蓝色，绿色的成分很少。你是不是跟萌葱色搞混了？"

"我才没那么厉害，知道什么萌葱色。我以为葱就是绿的，是这样肤浅的想法造成的误会。我连桃色和樱色都不会区别，觉得都一样是粉红色。我爸买给我的蜡笔，就只有十二色。"

"那十二色里面有粉红色吗？"

"应该有。基本的原色、黑白，加上中间色对吧？我是不记得了啦。"

"中间色指的是绿色、紫色和橘色吗？这样还不够十二色啊。"

"白色加蓝色是天蓝色，白色加红色是粉红色，然后还有褐色和黄绿色吧？彩色铅笔和颜料也是，我爸买给我的都是十二色。颜料是可以混色，但其他的就没办法了。再多也就是二十四色。这么说来，颜料里面为什么要放土黄色和藏青色呢？"

"那藏青色有点不太对呢。"姑姑说。"你爸完全没有那类艺术细胞，他小时候画的图真的糟透了。我一直以为是马的图，结果画的居然是鸡。不光是画了四只脚，甚至连翅膀都没有。不过倒是有鸡冠呢。他又不是没看过鸡。"

"他从来不去记多余的事。鸡对他来说应该是多余的吧。"

父亲是个非常实际的人。

"鸡才不多余，怎么这样说鸡呢？对吧？"

姑姑说着，又咯咯笑了。

笑得天真烂漫。

父亲小的时候，姑姑也是个孩子吗？

"不过不去记住多余的事，是很不幸的。你知道吗？看到桃色，就会唤起桃花香，看到樱色，就会想起樱花香，就是这样的哦。味道也是，能唤起的记忆越多，人生就越丰富。人之所以是人，靠的就是浓密的记忆。"

"是吗？"

我不光是无法分辨色彩，连桃花和樱花的香味差异都很模糊。

"预感就是记忆，对吧？"

姑姑有时会说些令人一头雾水的事。

"不，应该是先有预感吧？记忆不是过去的事吗？"
我说。

"把过去的事套在未来上面，不就是预感吗？因为未来
的事没有人知道，在实际发生前——也并不存在呀！"

"啊，对。"

"知道许多事是很棒的。人们常说想象力，但想象力是
无法超越经验值的。人无法想象不曾见闻过的事物，全看
怎么组合已知的事物。我认为借由组合，去预测未知的事
物，就叫作想象力。既然如此，可以拿来组合的素材越多越
好吧？"

"是吗？人没办法凭空想象吗？"

"那叫创造，跟想象是两回事。不过就算创造了什么，
人还是无法改变身处的世界本身，因此还是一样的。根本之
处还是那个人知道的事。无论想到再怎么破天荒的事，其实
仔细想想，都不会脱离自己的知识范围。不管怎么样，选项
越多越好。"

姑姑说，人会预感，所以人才是人。

"动物也有预感吧？"我说。

"没有。动物会学习，但那是对已发生的事所做出来的
反应。它们学习到遇到某种状况，就会发生某些事，所以做
出恰当的反应而已。动物在许多方面比人类更敏锐，所以能
反应得更快，如此而已。如果把它称为预知，或许是预知没

错，但鲇鱼能预知地震，是因为它受到相应的刺激，并不是什么神秘不可思议的现象。"

"预知和预感不一样吗？"

"不一样啊。"

姑姑望向窗边的人偶。

"预先知道接下来会发生什么事，叫作预知。既然都叫作预知了，应该绝对不会落空才对。或者说，这跟命中、落空没有关系，就和一加一的算式一定会导出二的答案是一样的。既然叫预知能力，就必须百分之百命中。只要有一点点落空，就不叫预知了。"

"意思是透过各种条件得知吗？"

"考虑各种条件，推测接下来的事，这不叫预知，叫预测。预测有时会落空。所以天气预报其实是一种天气预测。"

"那预感呢？"

"就算毫无根据，还是可以去预感的。即便什么都没有，人依然会有感觉。即使没有直接的因果关系也无所谓。人总是无时无刻不预感着什么。比方说希望或绝望，这些内在情绪，也会制造出预感。只有人会预感。或者说，因为会预感，所以人才是人。最简单易懂的例子就是恐惧。"

"是吗？动物也会害怕啊。"

"什么事都没有，动物就不会害怕。都说越弱小的动物越胆小，这虽然是事实，但小动物也不会莫名其妙就害怕吧？如果发生某些会危及性命的事，动物就会做出反应。动物是为了生存而活，所以当然会避免生命危险。越弱小的动物，面临的危险自然越多，所以它们反应更快，反应的机会也更多。"

"人也是一样的吧？"

"是吗？"

姑姑站起来，站到人偶旁边。

"你小时候很怕这个娃娃，还吓到哭了。"

"咦？真的吗？"

完全不记得。

不过被这么一说，或许真有这回事。

"这是人偶，不会动，也没有意志，只是个物体。它不曾伤害你，也不会伤害你，然而你却害怕它。"

"人偶不是很恐怖吗？"我说。"对小孩子来说尤其如此。因为它看起来就像活的。"

"如果它是活的，就很可怕吗？"

"呃——"

"就算是小孩子，还是分得出一样东西是不是活的。明明不是活的，却觉得像活的，所以才会觉得可怕吧？这个娃娃没有尖角，也没有獠牙，要说的话，长得很可爱。就算是活的，也是个可爱的小女孩，为什么会觉得可怕？"

"这——"

不晓得。

"是因为——预感。恐惧全都是预感。因为——对，像杀人魔很可怕，但那是因为杀人魔会杀人。觉得自己可能被杀，所以才会害怕。如果实际上真的被杀了，也就没有害怕可言了。"

"我没有和杀人魔相处过，不过应该就像你说的吧。"

"恐高症是害怕高处对吧？那是因为预感到会坠落，所以才会害怕。即使明白不会坠落，还是觉得会掉下去。就算绑着安全索，也会觉得绳索可能会断掉。就算教练说可以放一百个心，高空弹跳还是很吓人，不是吗？"

"嗯，我是不喜欢高空弹跳啦。也不喜欢云霄飞车。"

"害怕坐飞机的人，也是觉得会坠机吧？虽然飞机的确有可能坠落，但概率非常低，也没有证据可以确定自己搭的飞机会坠机。不过有可能坠机，光是有这个可能性，就教人害怕极了。论概率的话，车祸死亡的概率更要大得多，但人就是会害怕。因为人会想象。不，因为人知道飞机是会坠毁的。"

"嗯——是啊。"

"动物就算坐上飞机也不会怎么样。虽然环境变了，而且气压变动或是怪声可能会使动物警戒起来，但也只是这样而已。动物不知道飞机会坠毁。"

"可是不是有老鼠逃离沉船的例子吗？"

"船上的老鼠并非无时无刻不感觉船可能会沉没，终日惶惶不安。要是这样，老鼠根本不会上船。虽然它们或许是有可能及早察觉沉船的征兆，逃离船上。"

"嗯，说的也是。"

"一切的恐惧都是来自预感。喏，不是有灵异之说吗？"

"我是不太喜欢啦。"

"那也全都是预感吧？"

"是吗？不是因为有幽灵出没，所以可怕吗？"

姑姑在窗边有些夸张地笑了。

"幽灵？嗳，好吧，就当作真的有幽灵好了。可是从来没有人抓住过幽灵，亮出来说'你们看，好可怕'。都是听说闹鬼，预感到或许会撞鬼，兀自害怕不已，不是吗？"

"嗯，或许大都是这样，不过也有人真的看到鬼或是撞鬼不是吗？不是有那类现身说法吗？"

"就算幽灵出来，它会做什么？拿刀子刺人？咬人？"

"呃，会——作祟吧？"

"什么叫作祟？"

"会发生不好的事吧。嗯，最糟糕的情况会死掉吧。"

"那可怕的应该是死掉吧？不是幽灵本身。"

"这——是这样吗？"

我不太明白。

"世上没有幽灵，就算有也不可怕。"

"是吗？呃，可是不是有灵异照片什么的吗？"

"你是说拍到某些怪影像的照片吧？那只是拍到不可能有的东西，或画面看起来很古怪，但也就是照片而已呀。照片不会攻击人，或是拿着照片就被谁攻击吧？"

"是不会，可是不是很恐怖吗？拍到明明不在场的人，或是应该要拍到的东西消失不见——"

"才不恐怖呢。那是照片，如果拍出来是那种样子，一定是有什么理由，只是不知道原因罢了。"

"不知道原因不是很可怕吗？"

"不知道本身并不可怕啊。但是人厌恶不明不白的状况，所以才会想要给它一个解释。透过想象。理由之一就是你说的那个什么，幽灵？或许是有这种东西，但那只是可能的理由之一。而且照一般来想，是最不可能的理由。可是——为什么呢？就是会有人想要这么解释，然后去预感，对吧？"

去预感恐惧。

"那也是预感吗？不是纯粹地感到发毛？"

"发毛和害怕并不一样。"姑姑说。"是想象令人发毛的理由，去预感，所以才会害怕。不知道、不明白原因，这本身一点都没有什么好怕的。实际上——"

姑姑望向走廊。

"因为有墙壁，所以我们看不见隔壁房间对吧？不管里面有谁、在做什么，我们也不会知道。可是，只要不去想里面或许有人，也就不会害怕了吧？"

姑姑指向走廊。

"如果里面有个陌生人——"

"那真的很可怕。"我说。

"不对。是觉得有陌生人才可怕。"

"要是真的有，那不是很可怕吗？"

"对。可是那是因为你想象那个陌生人可能做出某些不好的事，所以才会害怕吧？陌生人不知道会做出什么事，也不知道他怎么会在那里，所以——他可能会做出某些坏事、他绝对会做坏事——就是像这样联想，才会害怕。"

"嗯，要是真的有人，那就是非法入侵了。已经是坏事了。"

"前提是**真的有**的话。"姑姑用少女般的口吻说着，"就算没有人，只要觉得**可能有**，就会害怕。"

"真的有就不可怕吗？"

"才不是呢。因为就算真的有，我们也不知道啊。又看不见。再说，如果真的有什么，那就一定是人。如果只是觉得或许有的状态，根本不知道到底是什么。在那里的是什么，其实都无关紧要。"

"因为那或许是某些人以外的东西。"姑姑说。

"你是说幽灵吗？"

"幽灵——这想法有点不可取呢。幽灵本来也是人啊。人以外的东西还有很多吧？刚才我不是说了吗？只能想到幽灵，一定是不够聪明。太无知了。"

"这样啊。"

姑姑刚才说，预感就是记忆吗？

"就算真的跑出死人来，既然都出现了，那就不可怕了。会觉得可怕——是因为不出现。"

幽灵就是因为不存在，所以才可怕啊。

"如果真的有幽灵出现，你会怎么做？"我问。

"请他喝茶。"姑姑答道。

"幽灵会喝茶吗？"

"谁知道呢？总而言之——人会感到害怕，是因为**什么事都还没有发生**。"

什么事都没发生。

"被杀人魔拿刀抵住虽然可怕，但是被刀抵住的阶段，被刀抵住的人还没有死掉。杀人魔有可能只是拿刀抵着，并不会刺下去。就是因为觉得可能会挨刀，才会害怕。万一挨刀死掉，就到此为止了，但如果没死掉——"

一定会说"吓死我了"，对吧？姑姑说。

"恐惧并不是死亡或暴力本身。预感到会承受死亡或暴力，这才是恐惧。挨揍很痛，人都不喜欢疼痛。可是你想想看，挨打本身，已经不是恐惧了对吧？疼痛令人难受、痛苦，但那也不是恐惧。觉得还会再吃上一记拳头，所以才会害怕，而且疼痛本身，也是因为让人预感到死亡，所以才可怕。恐惧是在实际发生某些事之前才会感觉到的。"

预感。

"因为还没有发生，所以尚不存在。恐惧，就是看不见的事物。"

因为不存在。

"像是气味、味道也看不见吧？声音也看不见，但声音可以透过直接变换为文字这样的符号被看见。但是气味或味道看不见，所以用来形容它们的词汇很少。要传达看不见的事物是非常困难的。那类灵异的事物也是一样，表达不存在的事物的词汇很少，所以难以传达。因为它们是不存在的。"

"不存在吗？"

"不存在。中国的'鬼'概念和日本的'鬼'不一样。在中国，鬼一般被认为就像幽灵一样，但日本的鬼虽然就像幽灵，不过有点不同。鬼是看不见的。至于为什么看不见，因为鬼不存在。不存在的东西当然看不见。"

"也是。"

"要看到不存在的东西，就只能依靠记忆。因为去想象没看过的东西，也是徒劳。鬼就是记忆，连绵不断的过去就是鬼。而想起这些——就是预感。所以人才会觉得好像看到幽灵了。一切的恐惧，就是预感。"

"姑姑的话好有趣。"

我把红茶全喝光了。

背光而且身负光点的姑姑，看起来更没有年龄了。

"那——今天你找我来是有什么事？"

一定有其他正事。姑姑把我找来，不会是为了像这样长篇大论一些无关紧要的事。

"是关于这栋屋子。"姑姑说。

"这栋——屋子？"

"我想好好跟你说清楚，这栋屋子是你的。"

姑姑语出惊人后，再次坐回椅子。

"这栋屋子本来在你爸名下。你爸过世的时候，和其他财产一起由你继承了。所以现在的屋主是你。"

"这——我从来没听说过。"

父亲过世的时候，我被外祖父和外祖母收养了。因为有一笔不小的遗产，因此由外祖父担任监护人，继承了不少东西，但我不知道这栋屋子的事。我一直以为是姑姑的。

"不过这是真的。继承手续还有税金那些——"

"是外公帮我办的。"

外祖父也在去年离世了。

因为车祸。

"你外公走得很突然，我也很意外。我就像这样离群索

居，所以生前也给他添了不少麻烦。但我想他走得如此突
然，或许有些事情没有好好向你交代清楚，而且我以前就拜
托过他，说这栋屋子的事应该由我来告诉你。其实我本来打
算在你成年的时候就告诉，但你读的大学很远，你很少回
来这里不是吗？所以一直找不到机会说，真对不起。"

"这事无所谓啦——"

"这栋屋子是你爸继承的。我放弃了权利，所以这里也
是你爸的财产之一。"

"那姑姑你呢？"

"我只是住在这里。"姑姑说。"就类似包住的管理
员。因为我一直都在这里。我只是借住这里，没有任何权
利，只是免费住着。以前是你爸的，现在变成你的，总有一
天会变成你的孩子的。"

"不要讲这种话啦。什么孩子，我连女朋友都八字还没
一撇呢。"

"是啊，可是就是这样。所以——"

姑姑竖起食指来。

"我有个请求。"

"什么请求？"

"不要拆掉。"

"拆掉？"

拆掉什么？

"在我还活着的时候。还有，不要卖掉。"

"卖掉？"

卖掉这栋房子吗？

"我想要永远待在这里。我就只住过这里。年轻的时候，我还会出去走走，但现在工作上的客户会主动过来，除了每星期外出采买一次以外，我都一直在这里。我真的一直就待在这栋屋子里。虽然很自私，不过我想留在这里。"

"姑姑在说什么啊？我怎么会卖掉它？我有工作，目前经济上也没有困难，而且还有外公外婆的家，我完全没有理由卖掉这里啊。"

"拜托你了。"姑姑说。"我这样要求会很自私吗？"

"呃，这一点都不自私啊。对我来说，这里就是姑姑的家啊。跟名义还是权利什么的完全无关。或许法律上是那样，但这栋屋子从我出生的时候开始，就一直是姑姑的家。"

"太好了。"姑姑说。

真的完全就像个少女。

"不过这栋屋子很老旧了，设备还撑得住吗？像耐震性什么的没问题吗？我反而比较担心这一点。"

"不少地方都耗损了呢。不过我用到的只有这个房间、书房、卧室，还有浴室而已，水管的部分都还没有问题。"

"这里总共有几个房间来着？"我问，环顾室内。

这个房间该怎么形容？完全就是古董，或者说古雅。家具和装饰品全都古色古香，活脱就像是电影布景。

"一楼就只有这些。厨房、洗手间，啊，还有你爸以前的房间。不过现在已经快变成储藏室了。"

"是我爸婚前住的房间吗？"

"是啊。"姑姑说。"不过你出生以前，他偶尔还会回来，睡在那里。那个房间本来是爸和妈——你的祖父母的主卧室。儿童房一开始在二楼，可是不知道为什么，我们十岁左右的时候，他们把卧室让给了你爸，把工作室让给了我。所以我的卧室本来是你祖母的工作室。"

"什么工作室？画图的吗？"

"是雕金。"姑姑回答。"不过几乎没有留下作品。好像是在换房间的时候，放弃不做了。我不知道理由，不过——"

"是出于某些预感吗？"姑姑说。

什么预感？

"一楼的房间就这些。然后是——二楼。两间客卧和两间没有使用的房间。一间是以前的儿童房，后来变成你祖父母的卧室，他们过世以后就不再使用了。然后还有，喏，游戏室，有撞球台的房间。你小时候不是常在那里玩吗？已经好几年没进去了，一定积满了灰尘。"

"这房子真是要大不大的呢。"姑姑说。

"房间虽然不少，但每一间都很小，找不到用途。"

"那道门呢？"

没错，这个房间有门。不是面走廊嵌玻璃的门，而是一道看似沉重的坚固对开门。

这么说来——

这道门从来没有打开过。照常理来想，是隔壁房间的门。

我在脑中描绘房屋的格局。

首先是玄关，然后是走廊，再来是这间会客室——接着是姑姑的卧室，连着据说以前是父亲使用的房间，然后是厨房——不对，像这样一看，很不对劲。门的另一边一定有空间。走廊上没有门，也没有窗户，但门后没有房间就说不过去了。应该是大不到哪里去，但门里面有个房间——应该有个房间。

"是房间吧？"

"是房间啊。"

"只能从这个门进去吧？我从来没进去过吧？里面是储藏室还是仓库呢？"

但一般会把储藏室设在会客室旁边吗？而且以那类用途而言，这道门太豪华了。在我的记忆中，二楼的客厅门比这道门更小、更朴素，而且所有的门都是单片门。

"那里不能进去。"姑姑说。

"不能进去？姑姑说没在使用的房间——是在二楼吧？咦？那这里是——"

"不能打开。"姑姑说。

"不能打开？是所谓的禁忌的房间吗？"

"也不是禁忌，那道门不可以打开。"

"为什么？姑姑也没有进去过吗？"

"我不会进去。"姑姑回答。"不能进去。"

"因为门锁起来了吗？"

"应该是没锁。不过——我不会进去。就算进去，里面也没东西。"

"没东西？"

"那个房间什么都没有。"姑姑再次说。

"呃，什么叫什么都没有？没有家具，什么都没有吗？那，那个房间是做什么用的？"

"没做什么用。硬要说的话，是让人不要进去的房间。"

"这太莫名其妙了吧？既然不进去，就不需要门，根本连那个房间都不需要吧？姑姑真的没进去过吗？没有人进去过？连我爸都没有吗？"

"没有人进去过。从这栋屋子落成开始，不，**从那之前就是了**，那里是**为了不进去**而围起来的房间。"

"什么？"

我总觉得突然——

"那是——譬如说为了把什么东西关在里面吗？"

"关在里面？关什么？没那种东西。听着，我说过好几次了，那道门里面什么都没有。所以不可以去看。或者说，没必要去看。因为什么都没有。"

"什么都没有？"

"没有。"

不存在的事物——难以传达。

因为连指涉的词汇都没有。

"看了——会怎样？"

"不会怎样。因为什么都没有啊。你该不会在想象什么作祟啊、幽灵这类老掉牙的东西吧？那种东西——"

"不存在——是吧？"

"不存在。"姑姑——不，像姑姑的、少女般的人轻巧地答道。

"那——"

"没有。什么都没有。但是绝对不可以打开。那里一打开，就失去意义了。"

"意义？"

"因为一旦发现没有——"

不就会消失了吗？

"不去看也无所谓。反正有气味。"

"气味？什么气味？"

"气味是很难形容的，可以形容的词汇很少。我一直伴随着预感，和这个围着空无的房间活到了今天。一直。预感就是记忆。你继承了这个家，所以——"

意思是我继承了**空无**吗？

不，这个家应该永远都不会变成我的，也不会变成我未出世的孩子的。然后它永远都不会被拆毁。这个人说，"在我还活着的时候，不要拆了它"。

那么，永远都无法毁掉它吧。

这个人——是谁？

是我的姑姑吗？

这个人是——

我有了某种预感。

疑似姑姑的人浅浅地微笑。

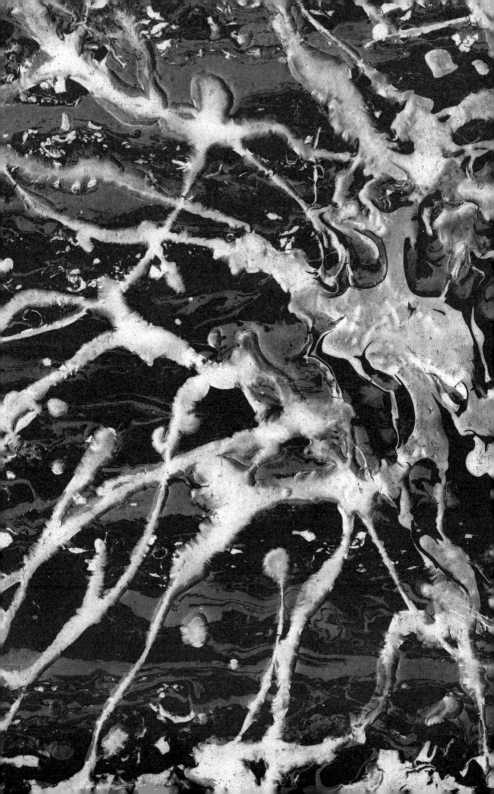

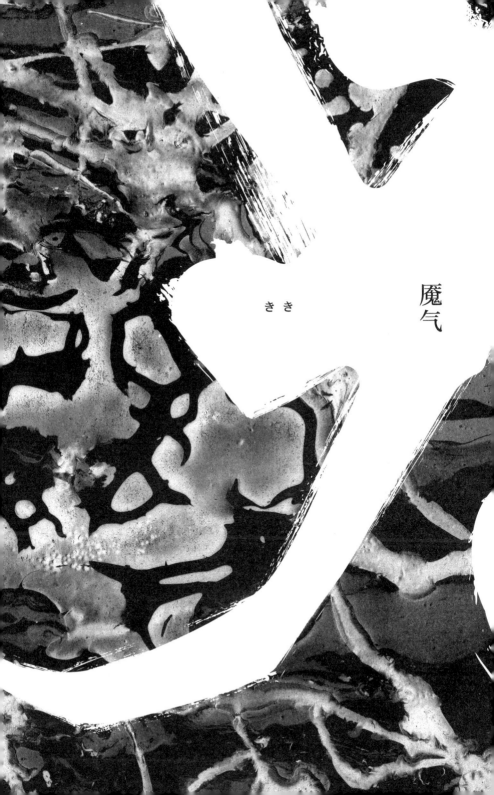

魔気

きき

脸遮了一半的女人跟了上来。

好恐怖。

我本来以为她只是跟我走在同一个方向，结果不是。

她在**跟踪**我。

从离开车站后就一直跟着我。

保持一定的距离，就在约五米的后方。

这女人干吗？用右手掩着右半边的脸。一直掩着。

是脸痛吗？还是有什么想要遮掩的理由？我不想猜测，但她一直跟着我，教人不好奇也难。

她跟我坐同一班电车吗？都这么晚了，上行电车的末班车应该早就开走了，所以应该是同一班车。

起码应该不是跟我同一节车厢。今天不知为何，末班车竟然没有多少乘客，我坐的那节车厢，下车的时候只有五六名乘客。

一名头发稀疏疲惫不堪的上班族样貌男子、一名与之相反的头发浓密的无领带男子、一名裙子的穿搭格外突兀的不起眼女子、一名特种行业风格的招摇女人、疑似和女人是一对的年轻人。我只记得这几个。

或许还有其他几个人。

但没有这种女人。

几乎每个人都低头玩手机。

而且跟我一起下车的只有头发稀疏的男子。只有他在看口袋书。

出月台的时候，有这个女人吗？

不过在这一站下车的乘客应该超过三十人，我不可能一一确认，所以当然完全不记得有哪些人，但应该没有这样的女人。

而且她穿着不合季节的大衣。

那是一件色调古怪得难以形容，说不出是卡其色还是土黄色的长大衣，但再怎么样都应该是春季风衣。底下好像是套装窄裙。因为不好大大咧咧地回头确定，这部分有些暧昧。

头发不长也不短，发型也不太清楚，是因为她用手掩着脸的关系吗？

打扮虽然不招摇，却很醒目。

应该不可能漏看。

我坐的车厢，距离前往验票闸门的楼梯最远，所以除了头发稀疏的男子外，我应该看到所有下车的乘客了。没有那种女人。

上楼梯到一半时，我斜右后方的头发稀疏的男子超过我了。

走上楼梯时，我的身后已经没有半个人了。

穿过验票闸门的乘客里，我也是最后一个。

头发稀疏的男人超过我之后，在验票闸门拖拖拉拉的，所以我移动到旁边的闸门。在我身后，站员好像已经在准备关站什么的。

离开车站时，我注意到女人。

她用手把脸掩住了一半，所以我觉得古怪。但也只是觉得怪，当然没有多加留意。只是瞥见一眼而已。我不会大大咧咧地去看，遑论攀谈。跟我无关。那是不认识的陌生人，不管看起来有多奇怪，一般还是会视而不见吧。如果对方遇到困难，我可能会伸出援手，但看起来也不像。

从验票闸门到出口，距离并不远。

离开验票闸门时，我是下车乘客的最后一个。那么女人本来在我前面，在我经过的这短暂的距离途中，刻意绕到我的身后吗？当时有人做出这种古怪的行动吗？她走出验票闸门后，停下脚步，一直等到我离开验票闸门吗？

为了什么？

不。

不对。

我想起来了。我经过女人了。

女人就坐在刚出验票闸门的长椅上。低着头，捂着脸。

那个时候，她与我完全没有关联，所以我也不曾多加留意。那个女人等我经过，然后从长椅站起来——

跟了上来。

应该是这样。

她在等我吗？为了什么？

更重要的是，她干吗把脸掩住？

我在意到不行。

离开车站的时候，路上仍有相当多的行人。

和我一起离开末班电车的人里面，应该有五六个跟我走在同一个方向。虽然已经很晚了，但这里是站前，所以行人也不少。我只是把女人当作行人之一。这是当然的。

毕竟我又不认识她。

在这个阶段，女人并不是角色，只是景色。

第一次意识到她，是在十字路口等红灯的时候。当时准备要过马路的人，除了我之外应该有六个人。一名中年妇女、两名看起来像当地人的年轻人，还有一名高大的老人，其他的不记得了。虽然不记得，但当时应该有三名疑似搭末班车的乘客。两名年轻人和老人应该不是坐电车来的。

十字路口不大，红灯却很久。

我不经意地回望车站，然后发现了，掩着脸的女人站在稍远处的后方。

如果是要等红绿灯，那位置太远了。比距离马路最远的我还要往后五米。

那与其说是在等红绿灯，不如说是处在路中间。而且手掩在脸上。

她是牙齿痛吗？我想。

我没仔细看，一般都会这么想吧。

是臼齿突然痛起来，所以按住吗？还是因为牙痛脸肿起来了？我只能做出这种程度的猜测，也没必要做出更多的猜测。

绿灯了，我过马路，就这样走了一会儿。

再次注意到女人，是经过小钢珠店前面的时候。

我对小钢珠完全没兴趣，但以前常看的动画角色好像做成了小钢珠机台，我的目光忍不住被那角色的广告旗帜所吸引。

结果眼角余光扫到了异物般的东西。

我稍微转头，看见倒映在玻璃上的女人。

是那个半掩着脸的女人。

周围已经没有半个刚才一起等红绿灯的人了。是超过我，或弯进巷道了吧。

是刚才那个蛀牙女——我只是一瞬间这么想，随即把头转了回来。

因为与我无关。

就算有个陌生的而且有点古怪的女人走在我后面，与我也毫无瓜葛。

我正赶着回家。没有人在等我，也没有要做什么，但我就是想要尽快回到家。

这时，我想到的是两个小时前才刚道别的母亲。

母亲有知性，有人格，也有记忆，但是——

少了什么。

好讨厌。我无法承受。我扛不起来。这太沉重了。

所以我才会去看什么小钢珠店的广告旗帜。我想要分心。想要涣散。不愿意想起来。不愿意想起母亲。与其说是不愿意想起，不如说是我更想忘记。

尽管不可能忘得了。

就算不停地去想，也没有出口。找不到解决方法。如果想就能怎么样，我当然会想，但如果无可奈何，烦恼也只是白费功夫。所以我想要暂时忘掉。可是——

我忘不掉。

父亲打电话给我。那已经是三个月以前的事了。

"你妈痴呆了。"父亲语气阴沉地说。"喔,是吗?"我应道。我还能怎么答?母亲才六十三岁,还不到老年痴呆的年纪。那个时候我这么想。

起初我以为父亲是故意学相声搞笑,要讲那类好笑的趣事。但父亲的声音实在太严肃,所以我询问怎么回事。

父亲说母亲会忘东忘西。

这有什么?父亲自己也常忘东忘西。大概从十年前开始,父亲就经常埋怨他最近想不起来某些名词。推算回去,父亲那时候应该才六十左右,比现在的母亲还要年轻。

我这么说,父亲回说不是那样的。

他还说母亲变得易怒。我说,会不会是一般所谓的更年期障碍?父亲应道"说的也是",就此沉默。

我有了不祥的预感。

好像不是想不起专有名词、突然忘事这些,父亲说母亲会完全忘记自己说过的话、父亲说过的话,还有发生过的事。如果父亲指出,母亲就会勃然大怒。

父亲已经七十了,也老早就从职场退休了。

幸好似乎有不少积蓄,父亲听从母亲一直以来的希望,卖掉退休前住的旧公寓,在郊外盖了栋小房子。说是郊外,也不到乡下地方,距离市中心只要一个半小时左右的车程。我因为嫌通勤麻烦,另外租了公寓,没有和他们住在一起。虽然还在通勤范围内,但我的职场下班时间不固定,所以有点不方便。不过父母似乎从一开始就是这个打算,那栋屋子的蓝图里,没有我的房间。

父母搬过去已经快十年了。他们在那里过着悠闲自在的养老生活——应该。

父亲个性开朗，但生性胆小，虽然爱开玩笑，但其实是个很老实的人。

母亲则算是个完美主义者，凡事都要做到好才罢休。但如果遇到挫折，就会暴跳如雷。这种时候，挨骂的总是父亲，无端遭到迁怒的状况似乎也不少，但父亲从不因此而气馁。他总是赔罪、隐忍，笑着承受。我觉得他真的很值得尊敬。

如果父亲是个自我主张强烈的人，或是会记恨的人，又或者和母亲一样是个完美主义者，他们一定会冲突不断，婚姻生活肯定两三下就破裂了。

而如果母亲个性马虎随便，父亲应该会很困扰，家中可能会变得一团乱。即使对配偶有些不讲理，但母亲说的话绝大部分都是对的。无论形式如何，以结果来说，都变成父亲支持母亲正确的论点，因此两人相安无事。

身为孩子的我认为，有点不讲理的完美主义者，与开朗认真的胆小鬼，这样的搭配，应该就是他们能长长久久的秘诀。我自觉自己的家庭以这个意义来说相当正常，也因此以某个意义来说，我得以正常地成长。

所以我问父亲："这不是老样子吗？"

只有两个人一起生活，不管再怎么气味相投，还是会有吵架的时候。母亲是个爱唠叨的人，生起气来真的很凶。不过也许父亲也老了，没有过去的体力继续逆来顺受，并扶持老妻。我如此猜想。

希望父亲再努力撑一下。如果是这样的话，也只能让父亲散散心、抒发一下了。应该排个假，一家三口出门旅行吗？我模糊地想着这类轻松的弥补方案。

可是——

似乎不是这类老问题。

父亲说，前几天有对朋友夫妻来家里玩。四人举办了一场小型家庭聚会，聚会本身愉快地结束了。朋友夫妻回去以后，留下了满桌碗盘。做饭的主要是母亲，因此洗碗的工作似乎多半由父亲负责，但这天母亲却坚持她要自己收拾。

"让你洗，每次都洗不干净。"母亲就像平常那样，轻微地斥责了父亲几句。父亲觉得应该不到每次那么夸张，但或许是有没洗干净的时候，因此也不反驳，向母亲道歉，说下次会小心。

一个小时后，父亲又挨骂了。

"你到底要不要收拾厨房啊？"母亲骂道。"不快点收拾，油污会很难清洗，你就是这样，所以每次让你洗，没有一次是真的洗干净的。"母亲严厉地指责父亲。

父亲大吃一惊。

他感到一头雾水，忍不住回嘴："你不是说你要洗吗？"母亲说她才没这么说。"饭是我煮的，你洗一下碗是会死吗？这么不愿意，那你命令我洗啊！"母亲大骂。

父亲不知所措。他不记得自己曾表现出任何不想洗碗的态度，也完全没有不想洗碗的念头。不，他本来就要收拾，是母亲制止的。

父亲这么说，结果母亲指责："你在说什么莫名其妙的借口？"

父亲难以接受，但他怀疑可能是自己不对劲，接着转念一想，认为中间或许有什么误会。是自己听错了或是误会了，不管怎么样，一定是自己搞错了。

母亲说的话总是对的。

碗盘丢着，污垢会变成顽垢，难以清除。父亲洗碗总是有些随便，所以有时候的确会留下污垢。煮饭的工作都落在母亲身上，所以他觉得自己起码应该要洗碗才对。他也是这个打算，但——

母亲刚才说"我来洗"是怎么回事？

是自己耳背吗？应该是耳背吧，父亲决定这么想。然后他去厨房洗了碗。母亲在背后牢骚："就是这么不甘不愿，才会老是洗不干净。"

这种情形——

发生过不止一两次，父亲说。

这几个月经常发生，而且越来越频繁。

那种"你有说""我没说"的拌嘴已经成了家常便饭。

但我也完全不知道能怎么办才好，所以当时只跟父亲说"你就担待一下吧"。

他们对彼此的个性应该再熟悉不过，而且都已经做了四十年以上的夫妻了，还有什么好吵的？那个时候我这么想。都忍了四十年、彼此担待了四十年，没道理突然忍无可忍吧？而且他们应该是两情相悦在一起的，如果真的想分手，机会应该多的是，只为了洗碗这点小事就闹到决裂，实在不太可能。

然而——

另外我也觉得，既然是都相处了四十年的父亲说母亲不对劲，搞不好真的很不对劲。

令人不舒服的**疙瘩**就这样留在我的心中。

可以用"担心"两个字去定义它吗？我感到踌躇。我的确是担心。不管是对父亲还是母亲都是。但我的心中涌出更胜于担心的、难以形容的情绪，也是事实。虽然并不正确，但很接近麻烦、排斥这类感情。它就这样轮廓暧昧地一直盘踞在我的心中。

离开车站走了十分钟，行人变得相当稀疏了。但也不到完全不见人影的程度。这里是闹市区与住宅区中间的区域，因此路面宽广，也有行车经过。店家大都打烊了，但有些招牌还亮着，沿路也有影片出租店和便利超市等还在营业的店铺，因此也不是多冷寂。

虽然不是特别想买什么，但我走进超市，买了有解除宿醉等功效的饮料。我并没有喝酒，但总觉得不太舒服。胃部沉甸甸的。

明明连一滴酒都没喝。

只是不舒服而已。不是身体不适，而是心情上的问题吧。

我来到收银台，掏出钱包，不经意地望向门口。

因为我想要顺便买个杂志之类的解解闷。

隔着杂志架，隔着玻璃窗——

我看见把脸掩住一半的大衣女人。

一阵毛骨悚然。

女人戳在外面大概是放烟灰缸或垃圾桶的地方，目不转睛地看着这里——不，看着我。用单边的眼睛。

我的视线好半晌盯在女人身上。

这女的搞什么啊？

店员说出金额，我连忙回神，打开零钱包，但不巧只有十元和五元硬币。我瞥了外面一眼。女人还在原地。不是我多心。

"不好意思。"我说，从钱包掏出千元钞递过去。

等找钱的时候我寻思。

那个女的是不是在抽烟？站在那种地方太奇怪了。可是如果不是抽烟，那她就是对我……

店员递出找的钱和收据。

这下——非离开不可了。走出门口，女人就在那里。

那个把脸掩住一半的女人。

不，是我自我意识过剩了。我不懂她跟踪我要做什么。不，我已经发现了她，那女的也知道我发现了她，所以这已经不是跟踪了。如果她是在跟踪我，对望的时候，不是就应该要躲起来或者逃走吗？

我把找的钱收进零钱包，故意走去杂志区。买完东西后翻翻杂志，应该很自然吧。

最近的漫画杂志我完全不看。不是变得讨厌漫画了，只是老早就失去每周追连载的热情了。只看连载中间的段落也没用。至于麻将和小钢珠那些娱乐，我也完全没兴趣。对成人杂志更没兴趣，甚至是厌恶。我看到园艺杂志和介绍最新信息科技机器的杂志，但提不起劲拿起来翻。

我觉得或许应该看看所谓"超市书"的廉价版书籍——是这样的东西吗？——比较好。全是些低俗、廉价、不想摆在自家书架上的书名和封面。或许它们的定位是所谓的平装书，但装帧简陋，内容也粗制滥造，要不然就是别的书籍的翻版。不合我的兴趣。

丑闻、灵异，这类题材特别多。其他就是把已有的漫画重新编辑。里面也有全新绘制的漫画，我拿起来翻了两三页，但实在不堪入目。

我不经意地望向上面一层，那里陈列着口袋书。

似乎不是超市特有的。也许内容是专为超市设计，但外观和书店卖的口袋书没有什么不同。教养类、历史杂学、成人小说、没听过作者的推理小说，还有——

近在身边的早发性阿尔茨海默症的预防及应对。

我心中可厌的情绪又蠢蠢欲动起来。

我正想忘记的。就算想起来也不能如何。不管再怎么想都无济于事，那么想了也是白想，是白费功夫。

第一通电话一个月之后。

父亲又打电话来了。

很严重，父亲说。

声音更加疲惫了。

老人也有自己的事情要忙。

父亲和母亲都没有担任受到束缚的职务，但他们的行程还是颇为充实。

父亲并没有沉迷的爱好，所以平日好像就是养养花草，看看书，但每个月还是会参加一次围棋聚会。此外还会不定期和大学时代的社团好友相聚。那似乎是轻音乐社团，父亲是鼓手，我没看过他拿鼓棒的样子，但现在他们每次聚会，好像还是会一起演奏，似乎也会举办演奏会，那种时候就会密集地聚会练习。还有另一个类似公司退休同期的聚会，不过并不频繁。这边似乎就只是单纯地吃饭喝酒。

母亲的活动更多。母亲本来就在学插花，好像还有证书什么的。我不知道她有没有收学生，不过她每两周就会去一次插花教室。然后她还去都内的文化学校上拼布课，每个月有两堂课。此外，她也在附近的活动中心上俳句和手绘明信片的课，这边是每星期一堂。她还加入类似妇女会的组织，这边也有聚会。

印象里是每隔一天就会出门。

父亲无法掌握母亲的行程，似乎有些困扰。这从以前就是这样了。两人回家的时间不一样。母亲去插花教室的日子，几乎都在外面用过晚餐才回来。去文化学校的时候，也经常和朋友一起吃过饭才回家。这种时候，父亲必须自行解决晚餐。

虽然不是觉得讨厌或麻烦，但因为得准备饭菜，所以看到母亲要出门，父亲就会问："今天是去插花，还是俳句？"

这让母亲很不高兴。她的意思似乎是：你怎么连这都不知道？父亲完全没有责怪母亲三天两头往外跑的意思，反倒觉得如果这能让母亲开心，希望她能多多外出，但母亲叫父亲掌握她的行程、多关心她的兴趣一点，也有些强人所难。

而且母亲似乎很不高兴父亲叫外送或吃超市便当。她说父亲应该自己下厨，这样比较省钱，也比较健康。母亲这话并没有错。

但是站在父亲的立场，应该是觉得他一个人的时候，不想被多加干涉。就我而言，我认为母亲与其埋怨这些，怎么不干脆替父亲准备饭菜算了？真要论节俭，母亲每个月学才艺的学费和外食费更要昂贵多了。

然而父亲没有反驳，而是赔罪，说母亲说的完全没错。但不曾下厨的父亲顶多也只会煮泡面，结果又挨母亲的骂，说老是吃那种东西不健康，而且锅很难刷。

父亲觉得很受不了，好像也会偷偷买便当来吃，但偏偏这种时候母亲会提早回家，结果父亲又挨骂。

另外，即使父亲说明自己的行程预定，母亲也完全不肯记住，经常在父亲要出门的时候发生争吵。母亲对父亲个人完全不感兴趣。她并不是不谅解，也不会叫父亲不要参加那些活动，或批评那些活动很无聊。母亲是对父亲毫无兴趣，所以根本连评论都不想，是完全无所谓。

然而她却强迫父亲关心她的兴趣。

母亲从变得不对劲以前就是这样了。

父亲说，这种情况变本加厉了。

就算父亲每天说他下星期要出门，母亲也指责他没说。即使早、晚都告诉过她了，母亲就是记不住，然后到了要出门的时候，才凶狠地责骂："你为什么不早说？突然出门要我怎么办？你把住在同一个屋檐下的人当成什么了？"而且父亲提到轻音乐社团的事，母亲讶异地说："你怎么还在搞那个？"还责怪说，"你不是已经不下围棋了吗？"确实父亲曾经嘀咕过，他的棋艺完全没有长进，是不是该放弃了？但那已经是八年前的事了。

父亲无计可施，开始将大小事全部写起来贴上，或写在月历上。我觉得这是非常理所当然的反应。同时父亲以他越来越健忘为由，要求母亲也把自己的行程写下来。

似乎就是这件事做错了。

母亲大怒："为什么非写下来不可？"

即使坐下来讨论，好不容易说服母亲，到了隔天，母亲又忘了讨论过的事，叫她写下行程，她又一样动怒。就这样一而再，再而三，日复一日。结果父亲死了心，只写下自己的行程预定。

然而——

即使写在月历上，母亲还是一样骂人。就算写了，母亲还是会生气，说你不告诉我写了，我怎么会知道？父亲说过好几次，还拿给母亲看，尽管如此，结果还是一样。早上拿出月历，声明今天中午要出门，到了真要出门的时候，母亲就生气说父亲没告诉她。

告知之后连四个小时都不到，母亲却不记得了。

然后，母亲好像也忘了自己出门的事。她在回来的隔天，说这星期没能去文化学校上课，而没去的理由是父亲出门去了。

这——确实不寻常。

父亲说发生过不止一两次，因此不可能是误会。

那个时候我跟父亲说，会不会是压力累积，造成母亲一时神志混乱？

这个回答应该很恰当。人际关系的压力，无论在任何情形下都有可能发生。无论是老人之间还是朋友之间，有人的地方，就有压力存在。这类压力只要累积，总有一天会爆炸。

多半都会从最没有压力的地方开始显露出来，而那经常是家庭。

也许母亲是在文化学校或妇女会发生了什么事。

"爸，你应该等妈冷静一点，然后心平气和地问她出了什么事。"我事不关己地建议说。

没错，我说得事不关己。

坦白说，我根本不想听这些。

我都快自顾不暇了。连自己的生活都要搞不定了。

当然，我不是讨厌父母。只要是我做得到的，我什么事都想为他们做。我也想要孝顺他们。想归想，但我想做的是一般范围内的事，是常识范围内的孝顺。处理那类特殊的烦恼，已经超出了我的孝顺范围。

我想让父母开心。我强烈地想要做些让老人家高兴的事。但为了这个目的，首先我应该过好自己的生活。我一直奉行着这样的人生观。我不会让父母担心，给他们添麻烦，或害他们伤心难过。首先这是基本，然后再来谈孝顺，这是我的想法。

不，比方说如果父亲或母亲卧床不起，这种情况，我也已经做好心理准备要陪在他们身边看护，到时候可能也得辞去工作。这我已经想过了。为了提前做准备，我也稍微了解了一下老人照护。我也预测到这天迟早会到来。可是——

那是真到了那时候的情况。

而不是现在——应该不是现在。

况且母亲失常，这完全出乎我的意料。肉体衰弱、生病，这些都在意料之中，但我以为父母离老年失智还久得很。我如此深信。也许事实并非如此，但——

这不在我的人生安排中。

不，还不确定是不是失智。就算是，也不一定就是老年痴呆。就算是，我也没想到居然会遇到这种状况——

我伸手，但只是摸了一下，没有把书抽出书架，抬起头来。

隔着一片玻璃，外头。

是把脸掩住一半的女人。她千真万确就是在看我。

倒映在玻璃上的我，和女人一半的脸重叠在一起。

不认识。

我不认识这种女人。没见过的脸。

虽然只看得到一半。

这女的搞什么搞什么搞什么啊？

我把手从口袋书上收回来，停顿了一拍，离开店里。

女人不是幻觉，她就在那里。我瞥了她一眼，快步离开超市。跟我无关。我跟这种女人无关。我不管了。这里有店员，也有客人，路上也还有行人。就算她冲过来打我，还有人可以求救。

穿过停车场来到人行道时，女人还在同一个位置。

我不想跑，但脚步还是加快了不少。这年头的疯子不晓得会做出什么事，万一她有刀就可怕了。

不要过来，不要过来。

我头也不回地往前走。离家只剩下几分钟的路程。

走下一条大大弯曲的坡道后，就完全进入住宅区了。虽然有路灯，但几乎不见人影。论危险，这是最危险的路，但我认为女人应该没跟上来。虽然这是非常乐观的期盼，但如果她真想做什么的话，应该会在超市前面就采取行动才对。不，应该在对望的时候就有某些反应。然而什么都没有。她虽然看我，却毫无反应。一般的话，应该会有某些反应的。就算不是打招呼，也应该要垂下目光，或是改变表情。

一般的话。

她——不一般。

我不是说女人。

而是母亲。

第二次报告之后，父亲的联络一下子暴增了。那已经不是埋怨或商量，完全是求救信号了。

　　父亲说母亲的暴力行为变严重了。

　　健忘症也日益恶化。

　　母亲好像连短短几小时前的事都想不起来了。然后父亲指出她忘记的事，她就暴跳如雷，暴力相向。

　　母亲说她才不可能忘记。

　　然后拿闹钟丢父亲，把父亲的额头砸破了。

　　但只要不指出她忘记的事实，母亲就和平常没有两样。我说既然如此，就不要戳破她，但仔细想想这是不可能的事。对于一起生活起居的人来说，这种状况太不方便了。要和忘掉一切的对象正常沟通，应该是不可能的事。如果对方对自己的症状有所察觉，或许还有法子。只要逐一支援、照护，日常生活还是过得下去的。

但母亲坚持不承认自己忘记事情。这很棘手。即使要敷衍着过日子，也有个限度。再说——

母亲无疑是病了。那么必须让她接受适当的治疗才行。这不是置之不理就会自己好起来的。

我在第几通的电话中这么说，答应父亲会寻找风评不错的专业医师。

然后父亲劝母亲去看医生。

母亲勃然大怒。她本来就连自己忘记事情都不肯承认，就算叫她去看医生，她也不可能听得进去。

"你要把我当成疯子吗？你在打什么鬼主意？你想把我丢进医院关起来吗？你要抛弃我吗？"母亲抓狂了。父亲提到我，说我也很担心，想要说服母亲，结果是火上浇油。

母亲得知父亲找我商量，更是气到失控。

你跟她打什么小报告？你说了我什么坏话？你这个——

叛徒！母亲如此指控父亲。盛怒的母亲完全无从安抚，当晚父亲被赶出家门，在站前的胶囊旅馆过夜。隔天他提心吊胆地回家一看，母亲正一脸狐疑地看着乱成一团的家里。

然后——

指责父亲没说一声就在外头过夜。母亲忘得一干二净。对配偶的不信任，以及应该同样强烈地对自己的不信任，完全支配了母亲。

父亲在电话另一头哭着说他束手无策了。

不能再置之不理了。

总之，非过去一趟不可。我这么想。我很不乐意，完全提不起劲。我不想去。好希望父亲告诉我这全是骗我的。虽然我知道父亲没理由骗我。

工作不能请假，所以我提早一小时前往父母家。工作多到必须加班，但也只能请同事体谅了。我不好说出详情，撒谎说母亲病倒了。

我想我的脚步，就像古时候双脚用铁链拖着铅球的囚犯一样沉重。

我不想去。不情愿到了极点。

好几次想要折返。

七点多的时候我到了。

屋子里到处都是破坏的痕迹，父亲的脸上有瘀青和擦伤。

但除此之外，一切都和以前一样。

母亲看到我，露出惊讶的样子，然后说："你来做什么？"

将近四小时之内，母亲总共惊讶了七次，问了七次我来做什么。因为你不对劲——我不敢这么说。因为如果说了，希望就破灭了。就知道父亲说的是真的了。不，用不着确认，母亲显而易见，已经不正常了。

说话前言不对后语，感情起伏也毫无连贯性，也许是因为用那种眼光去看，感觉她的眼神也很不对劲。因为不晓得地雷在哪里，我的话自然变少了，父亲始终垂着头，只难得偶尔微笑。

明明不热，我却浑身流满了不舒服的汗。

幸好我在的时候，母亲没有抓狂，但好几次激动起来。我不懂是什么触发了她的愤怒，也听到许多莫名其妙的词汇。

沉淀在我内心的**疙瘩**，轮廓变得更鲜明了。

母亲病了。不能任由她这样下去。就算是这样，该怎么做才好？可以强制她住院吗？这要查一下才知道。就算可以住院，这能治得好吗？

父亲——会怎么样？

啊，好讨厌，我不想接受这样的现实。怎么不干脆——死掉算了呢？

要说我没这么想，那是骗人的。即使只是一闪而逝，居然希望自己的母亲去死，这样的我令自己厌恶极了，但我不小心动了这样的念头，也是事实。而这漆黑的念头依然潜伏在某处。一团漆黑的东西依然沉潜在我心中。

啊。

好讨厌。

好想当作没这回事。

好想当作没看到。

想要装作什么事都不知道，闭着眼睛别去管它。如果不管怎么做都无济于事，那也没什么好管的了吧？不用死也没关系，拜托，从我面前消失吧。好麻烦。不仅麻烦，而且可悲。可悲，而且可怕。所以——

忽地，我停下脚步。

我感觉到动静。

是她吗？在我后面。

应该没有吧。

别看就好了。她不会攻击。

万一回头发现她在那里怎么办？我能假装没看到吗？

我稍微偷瞄后面。这种姿势根本看不见。还要再后面，更后面一点。

我以极缓慢的动作回头。

就在距离五米的地方。

半掩着脸的女人站在那里。

我倒抽一口气，拔腿就跑。

那个女人到底是什么？错不了了。不是我误会。那个女的在跟踪我。她到底要跟到什么时候？她到底想要做什么？莫名其妙！

好可怕。

看到公寓了。我回头。

女人——

一样在五米外的地方。

我冲进公寓，没有停留，一口气冲进电梯。大门是自动锁，她进不来的。我疯狂地按电梯钮。我的住处在四楼。

电梯门很快就开了。进去的时候我回头看大厅，没有人。

进入住处后，我直接走到面对马路的窗户，躲在窗帘后面看外面。

在路灯底下。

女人半掩着脸，仰望着我的房间。

我整个人上气不接下气。我冲得相当快，然而女人看起来却一派轻松。不过她是一只手掩着脸奔跑吗？

她要在那里待到什么时候？

如果明天早上她还在，那该怎么办？不，万一她想办法侵入了这栋公寓，要怎么办？她想做什么？你到底是谁啦？！

应该报警吗？

这状况不是我多心。那女的千真万确是冲着我来的，现在也在那里，报警也很合理吧？不，应该要报警才对。好可怕。完全不知道她想做什么，所以很可怕。虽然可怕——

好麻烦。不，可是——

我走到厨房喝了一杯水。

然后再次窥看窗外。

还在。

只能报警了。我下定决心，走到电话前，发现录音机的灯光在闪烁。

我按下闪烁的红色按钮。

电话里传出父亲的声音：

"你妈、你妈不得了了，你快点过来！"

什么不得了啦？这样还不够严重吗？

比起报警，我决定先打电话回家。铃响了好久都没人接。我接着打父亲的手机，录音不是说收不到信号，就是关机中。什么嘛！

怎样了吗？

是怎么了啦？

出了什么事？

那个女的还在窗外。

我内心的一团漆黑越来越大。

有什么东西就快濒临极限了。

这时电话响了。我立刻接起，是父亲。

父亲惊慌失措、断断续续地告诉我出了什么事。

母亲在我回去以后，似乎对我突然的来访心生疑念，逼问父亲。父亲支吾其词，搞得母亲不耐烦，终于大发雷霆，失控抓狂。

然后她摔了一跤，撞到头，昏了过去。父亲叫了救护车，接着打到我的公寓来。

父亲说他们现在在医院。我问了是哪家医院和位置，说会立刻赶过去。

没空管那个女的了。

已经没有电车了，我打电话叫出租车。

从窗户往下看，女人依然掩着脸站着。不管她了。换了副心思去看，也觉得有点滑稽。

我没有更衣，直接下楼，走出大门。

女人站在路灯下。

为什么要把脸遮住，而且遮了一半？

出租车停下，就像要把女人从我的视野中遮去。我急忙走出公寓，坐上出租车，说出目的地，然后望向窗外。

把脸遮住一半的女人表情木然地注视着我。

啊，受不了。

妈没事吗?

拜托,就这样直接死掉吧。

爸说撞到头,她受伤了吗?

要是就这样死掉就好了。

可以快点好起来吗?万一留下后遗症怎么办?

能不能就这样永远住院下去?

妈,我最喜欢你了。

请你消失吧。

真可怜。

啊,好麻烦。麻烦死了,好讨厌。

思绪纷乱如麻。我快分裂了。

好想躲起来。要是可以假装没这回事就好了。

三十分钟左右就到医院了。我在急诊柜台告知姓名，护士让我进去。

父亲憔悴万分。

我问，现在是什么状况？

这时比起希望母亲死掉，担心母亲的心情更胜一筹。

"医生说不必担心。"父亲说。"意识已经恢复了。好像要住院检查，不过我很难向你妈解释。她好像完全无法理解出了什么事。如果随便说明，搞不好又会害她错乱。我向医生说明你妈的状况，但也不晓得他理解了多少。那是急诊的医生，这一点令人担心。你妈好像还醒着，你可以去看看她吗？"

父亲说，指着病房的门。

"该怎么办才好？"

父亲对着我的背影无力地说。

开门一看，母亲坐在病床上，望着窗外。

好像连我开门都没发现。

"妈。"我呼唤。

母亲转向我，右手掩着右半边的脸。

"妈——"

"你在做什么？"我问。

把脸掩住一半的母亲，声音阴森地答道：

"是在学你啊。"

魔孼

き じん

山洞里住着鬼，会掳人而食。

是这么传说的。

太郎在漫无边际的草丛里，彻头彻尾地迷失了。

即使就这样彷徨下去，迟早都会死吧。

已经好几天没吃东西了。没看到能吃的东西，而且也没有河川等任何水源。太郎渴了，啜饮水洼里的泥水，坏了肚子，腹泻不止。明明没有东西可以拉，肚子却咕噜咕噜叫个不停，泻出水样的粪便。太郎怀疑是肠子融出来了。

或许真是如此。

而且那恶心的恶臭害他呕吐，把空无一物的肚子里仅存的一点水分也吐光了。水气流失殆尽，他觉得自己好像成了一根稻草秆。

再没有东西可以排出，视线模糊，但太郎还是以折断枯木般一顿一顿的僵硬动作站起来，继续往前走。

他还活着。

只是不知道该往哪里去才好。

不能回村子。

即便回去，或许也无人幸存了。

太郎以前住的小屋，也只有遍地尸骸。

一样没东西吃。井也干涸了。

即便有人还活着，一定也都病了。一定活生生地腐烂了。纵然不是如此，太郎也不能回去那座村子。每个村人都厌恶太郎、轻蔑太郎。憎恨他、排斥他。

因为爹做了坏事。

太郎不知道爹做了什么。

一定是做了可怕的事。父亲是个冤孽。愚昧、粗暴、贪婪，畜生不如。所以一定是做了什么说不出口的坏事。

就连小孩子都知道。

可是做坏事的是爹。然而太郎、姐姐和娘都被人丢石头、遭棒打，还被吐口水、泼小便。连走在路上都不准，也不能和村里的人说话，甚至是看他们。

这是没办法的事。这是爹做坏事的报应。

是冤孽。

太郎一定也是。

但太郎认为，村里的人个个也都是冤孽。

因为他们都遭到报应了。若非如此，怎么会得那种病？若说太郎遭受的对待，是爹的所作所为以及身为他儿子的报应，那么村里的灾祸，必定也是某种骇人恶行的报应。

每一个人都腐烂而死。

牛马也都死了。

是因为只要是活着的东西，每一个都是冤孽吗？

也有不是冤孽的人吗？

这片草丛之外，一定还有人。那些人怎么样呢？看到太郎，就能一眼看出他是个冤孽吗？那么——

又要受凌虐了。

望向西空，鲜红如血的晚霞恣意扩展，美得催人落泪。那片鲜红的天空和云霞之下，横亘着一片漆黑恐怖的团块。

是山。

那座山里面有鬼吗？太郎恍惚地想着。

与其就这样腐朽干涸，倒不如被鬼吃掉要来得好吧？

那样会不痛苦吗？

回头望去，是一片赤褐色的森林。森林染上了可怕的色彩。下方雾霭蒙蒙。

这片森林过去再过去，是太郎原本住的村子。

被疫疠笼罩的村子。应该死绝了的村子。那种病不只是骨肉，连魂魄都会腐蚀吧。腐烂的魂魄一定无法完全脱离尸骸，与倒毙的尸体相系，无依地晃荡着。就如同浊水中肮脏的藻类，左右摇摆。

即使完全脱离了，也不可能升天。

所以才会化作晦暗的阴影，在屋子周围徘徊不去。

腐烂的灵魂，甚至无法变成幽灵。

活该。

太郎也这么想。

这是他们欺凌娘、姐姐，还有太郎的惩罚。这么一想，太郎觉得自己变得跟爹一样，有颗暴戾的心，好过一些了。爹无时无刻不将这些话挂在嘴上。

走着瞧吧。

这仇我非报不可。

总有一天，一定要你们吃尽苦头。

把你们每一个都宰了。

是连蒙童的太郎听了都要作呕的诅咒。父亲丝毫不认为自己有错，错的全是自己以外的他人。

冤孽。父亲就是个冤孽。

草叶沙沙作响。没有风，是太郎拨开草叶前进的声响。草叶极高，有些地方甚至盖过太郎，让他连前方都看不见。

只看得到远方漆黑的山，以及赤红的天空。

是血的颜色。

太郎不知道这是什么草，但根部是红的。

这也是血的颜色。

这草是吸取尸体的血成长的。

这片草丛底下，一定全是古时候的人的尸首。

太郎住的村子，再过个百年左右，一定也会变成一片草丛。那些腐烂的尸骸会长出根部赤红的草，荒草湮没。

那么一来，无法完全脱离的腐烂的灵魂会怎么样？被草吸收吗？

还是会变成那黑影般的东西，无止境地徘徊游荡？就像太郎一样彷徨吗？不管再怎么样彷徨，应该都无法离开多远。

因为那种东西甚至不是幽灵，就像这世间的污秽。

太郎再一次回头。

那座森林里，渗透出世间的污秽。一定是的。

真讨厌。

曾经欺凌太郎的家伙，他们脱离身体的腐烂的灵魂，再也无法思考，漫无目的，只是在那座森林里游荡。

还是不能回去。

不想碰到那种东西。也不想看。

如果是爹的灵魂——

不，爹没有灵魂，所以不会变成那种东西。那种冤孽，所有的一切只会腐烂融化，像粪便一样散发恶臭。一定是的。

娘。

姐姐。

还有幼小的妹妹，她们没有被污染，一定可以升天。

也没有生病。没有变得暴戾。那些冤孽——

就只有村人。

还有爹。

以及太郎。

太郎就算死了，也无法升天吧。太郎就和爹一样，是冤孽。

因为——

太郎杀了父亲。

他杀了父亲，就这样一路逃到这里。

脚底踩到怪东西。

也许是某种尸体。

也许是蹲踞在那里，动弹不得的腐烂灵魂。

往脚下一看，是野兽的尸体。也是得了那病吗？

看这样子。

那病一定很痛苦。

见疫疠蔓延全村，爹开心极了。

"看吧，谁叫你们瞧不起人，这下全遭了天谴，一个活口不剩。"

爹这么说。

就算有土地，就算再怎么了不起，一旦得病，就万事休矣啦。每一个都会死，没一个能活。

爹这么笑着。

爹他——

看到娘要去富农家照顾病人，涨红了脸暴怒。

爹叫娘别管。说反正他们马上就要断气了，他要趁着人还活着，好好出一口恶气，把他们过去对咱们一家子的所作所为，全数回敬给他们。娘和姐姐都制止了，但爹完全不听。

爹去做了什么？

爹用石头丢那些痛苦卧床的病人吗？用棒子打他们吗？向他们吐口水、对他们撒尿吗？

爹是个冤孽，所以或许这么做了。

虽然对方一样是冤孽。

爹做出那种事，所以已经不是人了吧。

爹回来后，整个人完全疯了，笑着用脚踹幼小的妹妹，然后殴打姐姐，掐她的脖子，说都是你害的，都是你害的。娘哭喊着要爹住手，扑上去抓住爹，却被爹推开，又踢又踹，最后一动也不动了。

娘、姐姐，还有幼小的妹妹，全都死掉了。

所以太郎拿起柴刀，站到掐住已经没气的姐姐脖子的爹后面，朝他的后脑一刀劈下。

鲜血直喷而出，宛如夕阳般鲜红。

记得那时候，爹发出了狗一样的吼叫声。

因为很吵，太郎又砍了一刀。这回砍在脖子上。

如注的鲜血就像草根。

太郎杀了亲爹，所以比起爹，太郎更是个冤孽。

已经不能如何了。

该去哪儿才好？

爷爷和奶奶还活着的时候，爹和娘都温柔慈祥，太郎每天都会笑个好几回。虽然吃的东西不多，但只要大伙一起分享，都美味极了，不管是树根还是韧草，只要吃上满肚子，就感到安心。

村人也不怎么会欺侮太郎。

爹也认真地工作。

小妹妹出生。

奶奶死了。

隔年爷爷死了。

然后那一天，姐姐不知为何哭着回家，全身都是血，爹见状大吼大叫，嚷嚷着冲出家里，不知道去了哪里，然后——

自从那天开始，一切都变了样。

爹做了什么坏事呢？

不管怎么拨开杂草前进，草就是不停地冒出来，这草丛一定无边无际，太郎也觉得或许永远无法离开这片草丛了。

也许自己会就这样越来越干枯，越来越细瘦，就这样变成了草。反正太郎也没有会脱离身体的灵魂。太郎完全继承了爹的冤孽，就算死了也不会升天，也没有脱离的灵魂。既然如此，与其像爹那样死去，不如变成草或许还比较好。

啊，真想变成草。

才这么一想，拨草的手忽然抓了个空。

脱离草丛了。

有棵枯树，底下站了个穿红色和服的小姑娘。

"你是从哪里来的？"

姑娘问太郎。

"你是从那处疫病的村子来的吗？"

"你是谁？"

"我被丢掉了。"

"怎么会被丢掉？"

"我摸了病人。"

"摸了病人就会被丢掉吗？"

"会传给别人。"

"这样啊。"

"也会传给你。你会烂掉，死掉。"

"我就算得病也没关系。我早就是烂的了。"

也没有灵魂。

"可是，会死掉吗？"

"会死掉。"

"你不在乎吗？"姑娘问。

"有什么好在乎的？"

"这样啊。"

姑娘垂下头。她的脸异样地苍白。

"我差点要被烧掉。可是他们说烧掉太可怜了，要把我丢掉，叫我去很远很远的地方，不要再回去了。说我已经被丢掉了，不可以回去。所以我才会来这里。"

"这样喔。"

如此可爱的一个姑娘，因为这样就被丢掉，不丢掉就要烧掉。这姑娘的村人，也跟太郎那里的村人一样，是冤孽。

都是这样的吗？

"你呢？"姑娘问。

"我只是一直走。一直走一直走，一直走到死。"

"走到死？"姑娘说。

是啊。

"你也会死吗？"

"一定会死。"

太郎想，他不太希望那样。

穿着这么美的衣裳的姑娘，就这样腐烂死去，有点
可怜。

"死掉的话，会怎么样？"小姑娘问。

"不知道。灵魂会离开身体升天吧。可是得了那病，连
灵魂都会腐烂。腐烂的灵魂不会完全脱离，就像长在虫子上
的菇，摇摇晃晃。就算脱离，也只会像阴魂一样在附近游
荡，变成世间的污秽。"

"才不是那样。"

姑娘以极动听的声音说。

"死掉的奶奶说，人的灵魂会升到山里。这处乡里的灵
魂，全都会升上那座山。所以奶奶也在山里。现在也是。"

"山里住的是鬼。"

"鬼？"

"吃人的鬼。"

不可能有温柔的奶奶。

"那我们去那里吧。"

姑娘说，转向山的方向。

"上去那座山就知道了。"

"会被鬼吃掉喔。"

"如果你说的是真的，那我跟你都会腐烂死掉，变成这世间的污秽，对吧？既然这样，趁着还活着的时候上山就好了。"

"山里有鬼。"

"或许没有。"

"如果是鬼，会被吃掉。"

"横竖都是死。我想去找奶奶。"姑娘说。

太郎也很想念奶奶和爷爷。不，如果这姑娘说的是真的，那么娘和姐姐还有小妹妹或许也都在山里。那样的话，他想见他们。好想好想见他们。

爹不会在那里。

一定只有爹紧附在那座腐烂的村子。因为他是个冤孽，不管是升天还是升山，他都没有灵魂可以升脱。

如果死在这里，太郎也会和爹一样。可是如果上山——

就能见到那些曾经对他好的人吗？

还是会被鬼吃掉？

"去就知道了。"

姑娘说。

"哪边都无所谓。总比在这里腐烂至死要来得好多了。"

"我——"

太郎仰望黑山。

山里住的是鬼吗？

160 - 161
魔轮
きじん

抑或是死者？

"我不去。"太郎说。

"为什么？"

"不可以去。不可以看。不可以见他们。"

不管是死人，还是鬼。

我要在这里腐烂至死。

因为我是冤孽。

"既然见不到，不管是鬼还是死人，都是一样的。"

"你倒是个明白人。"

姑娘说道，消失了。

然后，太郎继续往前走。

魔孽
きじん

图书在版编目（CIP）数据

魇谈 /（日）京极夏彦著；王华懋译 . —北京：
中国华侨出版社 , 2023.2
　　ISBN 978-7-5113-8287-0

　　Ⅰ . ①魇… Ⅱ . ①京… ②王… Ⅲ . ①短篇小说 — 小
说集 — 日本 — 现代 Ⅳ . ① I313.45

中国版本图书馆 CIP 数据核字 (2020) 第 133176 号

魇谈

著　　者：［日］京极夏彦
译　　者：王华懋
责任编辑：张　玉
视觉设计：山川制本 @Cincel
版式设计：三喜
经　　销：新华书店
开　　本：880mm×1230mm　1/32　印张：5.25　字数：80 千字
印　　刷：三河市嘉科万达彩色印刷有限公司
版　　次：2023 年 2 月第 1 版　2023 年 2 月第 1 次印刷
书　　号：ISBN 978-7-5113-8287-0
定　　价：45.00 元

中国华侨出版社　北京市朝阳区西坝河东里 77 号楼底商 5 号　邮编：100028
发 行 部：（010）82068999　传真：（010）82069000
网　　址：www.oveaschin.com
E - m a i l：oveaschin@sina.com

如发现图书质量问题，可联系调换。质量投诉电话：010-82069336